Le Secret des îles perdues

Du même auteur

La Parenthèse boomers, Fayard, 2022 ; J'ai lu, 2024.

Les Guerres d'Albert Einstein, vol. 1, Robinson, 2019 ; vol. 2 ; Robinson, 2020 ; récit complet, Robinson, 2021.

Ils ont écrit ton nom, liberté, Fayard, 2016 ; J'ai lu, 2018.

La France à quitte ou double, Fayard, 2015 ; J'ai lu, 2016.

Maintenant ou jamais, Fayard, 2013 ; J'ai lu, 2014.

Le monde était à nous, Fayard, 2012.

L'Échéance : Français, vous n'avez encore rien vu..., avec Irène Inchauspé, Fayard, 2011 ; J'ai lu, 2012.

Zéro faute. L'orthographe, une passion française, Mille et une nuits, 2009 ; J'ai lu, 2011.

Le Divorce français, Fayard, 2008 ; J'ai lu, 2009.

Plus encore !, Fayard/Plon, 2006 ; Le Livre de poche, 2007.

Une vie en plus, avec Dominique Simonnet, Joël de Rosnay et Jean-Louis Servan-Schreiber, Seuil, 2005 ; « Points Sciences », 2007.

Ne dites pas à Dieu ce qu'il doit faire, Seuil, 2004 ; « Points Sciences », 2006.

La Dernière Liberté, Fayard, 2001 ; Le Livre de poche, 2003.

L'Imposture informatique, avec Bruno Lussato, Fayard, 2000 ; Le Livre de poche, 2001.

Le Compte à rebours, Fayard, 1998 ; Le Livre de poche, 1999.

Le Bonheur d'apprendre : et comment on l'assassine, Seuil, 1996 ; « Points », 1997.

(Suite en fin d'ouvrage)

François de Closets

Le Secret des îles perdues

Douze leçons d'histoire à échelle minuscule

Flammarion

ISBN : 978-2-0805-0971-0

Introduction

L'humanité minuscule

Existe-t-il des prisons dont on ne veut pas s'évader ? Oui, sans doute, lorsqu'elles prennent la forme d'une île perdue tout au bout de l'océan. Nul besoin de barreaux pour emprisonner l'insulaire, son environnement lui rappelle sans cesse son enfermement. L'omniprésence de l'eau ne laisse de frontière que l'horizon, l'inépuisable énergie des vagues défie les efforts de l'homme. L'ailleurs est au risque de la traversée. Un risque mais aussi une tentation.

L'île, c'est la fenêtre grande ouverte qui, à tout moment, confond le dehors et le dedans, offre le bonheur du retour au prix du départ, fait de l'autre un proche et d'une population une famille. Le socio-anthropologue Abdu Gnaba résume cet oxymore en une phrase : « L'île est tout simplement une métaphore de la condition humaine [1] », une métaphore

1. Vanessa Zocchetti, « Abdu Gnaba, anthropologue : "Sur une île, on se sent à notre place, rien qu'à notre place : tout petit dans le très grand" », *Madame Figaro*, 10 février 2025.

qui en exalte les contradictions. Car l'homme s'attache à son pays en proportion même des épreuves et des défis qu'il lui impose.

L'histoire insulaire est chargée de récits qui enrichissent la nôtre. Ce n'est pas un effet du hasard si l'on trouve à la source de notre imaginaire, de notre littérature, l'*Odyssée*, cette errance initiatique qui, d'une île à l'autre, fait découvrir à Ulysse tous les pièges, tous les enchantements de l'aventure humaine. N'étant pas moi-même marin, c'est dans les bibliothèques que j'ai exploré la prodigieuse diversité de ces fables insulaires, cherchant de préférence les endroits où l'on ne peut aller, les places que l'on ne peut atteindre pour y recueillir toutes ces histoires plus folles les unes que les autres. Cette griserie des îles perdues, je l'ai découverte dans un livre qui m'est resté en mémoire.

LE CHOIX DE L'ÎLE

Je retiens ce qui entre en résonance avec mes attentes, ce qui répond à mes interrogations. Quand je me promène ainsi sur les rayons de ma mémoire, je tombe très souvent sur *Les Bienheureux de la Désolation*, ouvrage publié par Hervé Bazin en 1970 [1]. Ma première découverte d'une île perdue.

1. Hervé Bazin, *Les Bienheureux de la Désolation*, Paris, Seuil, 1970.

Ce récit relate l'histoire de réfugiés ayant fui un volcan qui menaçait d'exploser et qui, la crise passée, refusent le confort moderne et choisissent de retourner chez eux, loin de tout, dans leur île perdue. La couverture précise qu'il s'agit d'un roman. On imaginerait une fiction post-soixante-huitarde visant à dénigrer la société de consommation. À mon grand étonnement, j'ai découvert qu'il s'agissait d'une histoire vraie, que ces réfugiés ont bien existé ; l'auteur de *Vipère au poing*, qui n'était pas un hippie mais un romancier à succès, avait trouvé là un sujet magnifique.

Pour moi qui effectuais à l'époque la transition de ma période pédago-scientiste des années 1960 à mon engagement critico-scientifique des années 1970, ce fut un choc. L'histoire donnait forme à mes interrogations, elle illustrait les limites de ce « progrès » qui apporte tant de commodités et laisse tant d'insatisfactions.

Et voilà que, pour la première fois à ma connaissance, le choix était donné entre le XIXe siècle et le XXe siècle, entre la rudesse d'un environnement préindustriel et les séductions de notre arsenal électroménager. On connaît la rengaine : « C'était mieux avant. » Simple slogan pour condamner le changement. Ici, au contraire, c'est un choix de vie. Irréversible. Pour le passé, contre le présent. Cette expérience, pour limitée qu'elle fût, me laissa pantois.

Je me suis pris à fantasmer sur ces voyageurs du contretemps, sur les raisons qui pouvaient les couper ainsi de la modernité. Je n'ai pas tout de suite compris que leur choix ne s'était pas fait entre des environnements techniques mais entre des modes de vie. Leur nostalgie du temps passé avait été nourrie par l'horreur de la mondialisation, dont l'emprise sur nos vies ne nous est plus perceptible alors que, pour ces réfugiés, elle s'était imposée avec la plus extrême brutalité. Ils venaient d'un monde de très petite taille, refermé sur lui-même comme un monastère, un « intérieur » qui n'avait pas d'« extérieur » et dans lequel tout problème trouvait sa solution.

La mondialisation nous confronte à des réalités sur lesquelles nous sommes incapables d'agir. Voyez notre impuissance face à la dévastation de la Terre, au dérèglement du climat, à la menace des épidémies, au retour des guerres. À jouer sans limites et sans frontières, nous déchaînons des forces qui nous dépassent, qui font de nous des spectateurs et non plus des acteurs. C'est alors que l'accablement de l'infiniment grand nous précipite dans le vertige de l'infiniment petit. Une interrogation s'insinue dans nos raisonnements : que deviendrait notre monde si toutes nos mesures, qu'il s'agisse de la population, des distances, des richesses, des informations, se réduisaient par un facteur cent ? Si nous cessions d'être pris en témoins, en responsables, de tous les drames qui accablent la planète. En devenant lilliputienne, l'humanité vivrait-elle toujours la même histoire ?

Les « bienheureux de la Désolation » apportaient une première réponse. Leur aventure, si imprévisible, tenait d'abord à leur nombre. Ils formaient une toute petite communauté de 250 personnes. S'ils avaient été 250 000, la question ne se serait pas posée dans les mêmes termes et la réponse aurait été toute différente. Mais la façon de vivre n'est pas moins importante que le nombre. Ces réfugiés formaient une communauté repliée sur elle-même, coupée du monde moderne. Toutes les interactions, culturelles, sociales, amicales, commerciales, civiques, techniques, etc., qui, dans notre monde, enjambent tantôt les kilomètres et tantôt les milliers de kilomètres, se réduisaient pour eux à un kilomètre ou moins. Cette très petite dimension changeait les problèmes et les comportements. La condition humaine était toujours la même, mais, à très petite échelle, elle se vivait tout autrement.

J'en étais précisément là de mes réflexions. J'avais même commencé un essai sur la « dimension critique » associant chaque mode de vie à une distance d'interaction. Une distance qui n'avait cessé de s'étendre : très réduite dans un village africain, très grande dans la Silicon Valley. C'est dire que je fus passionné par ces explorateurs de la « petite dimension ».

En cherchant plus avant dans cette voie, je découvris qu'ils n'étaient pas les seuls déserteurs de la modernité à vivre sur une échelle qui n'était pas la nôtre. Il était d'autres micro-humanités qui subsistaient à l'écart de notre grand marché planétaire, sur de petites îles. Perdues, on l'aura deviné. Leur exemple, leur diversité permettaient d'observer une histoire qui ne se jouerait plus avec des millions d'individus, sur des milliers de kilomètres, mais avec de petits nombres : pour la population comme pour l'espace. Que se passait-il si l'on basculait de la planète au village avec des interactions ne dépassant guère le kilomètre ? Cette micro-humanité sur cet espace réduit vivrait-elle les mêmes événements ? De la même façon ? Rencontrerait-elle les mêmes problèmes, se heurterait-elle à la même impuissance que notre humanité mondialisée ? La « métaphore » ne surpasserait-elle pas l'image réelle ?

Je croyais découvrir le pouvoir descripteur de cette quantification insulaire, sa mise en scène du monde souterrain des causes, sa mise en fables de notre histoire, sa mise en moralités de notre pensée, bref cette anamorphose qui respecte la réalité mais en change l'image.

Judith Schalansky appartient à cette catégorie de voyageurs sans bateaux qui survolent et spécifient le monde océanique. Depuis sa Baltique natale, elle a rassemblé son monde éparpillé dans des ouvrages qui font référence, jusqu'à son *Atlas des îles abandonnées : cinquante-cinq îles où je ne suis jamais allée et où je n'irai jamais*, qui ouvre sur une nouvelle historiographie. « On pourrait [...] raconter toute l'histoire du monde à partir d'îles retirées dont les dimensions restreintes permettent d'éclairer à petite échelle des constellations historiques [1]. »

---

1. Judith Schalansky, *Atlas des îles abandonnées*, traduit de l'allemand par Élisabeth Landes, Paris, Arthaud, 2010, p. 16.

Nous y voilà. La petite dimension peut enrichir notre histoire, illuminer notre présent... pour autant qu'elle nous offre en spectacle vivant une réponse stimulante à nos interrogations.

L'HISTOIRE LILLIPUTIENNE

Ces nano-mondes existent bel et bien mais ils sont si rares, si petits, si perdus que nous les ignorons. Je veux parler de très petites îles, comme notre île de la Désolation, dont la population, pour réduite qu'elle soit, constitue une véritable société. Ce sont quelques milliers de personnes, voire quelques centaines qui mènent leur existence de façon autarcique, coupées pour l'essentiel du reste du monde.

Comment vit-on sur une Terre dont on connaît le moindre recoin, au sein d'une humanité dont on reconnaît chaque visage ? L'isolement est ici le facteur clé. Rien à voir avec ces petites îles qui parsèment nos rivages, comme l'île de Bréhat qui, certes, ne compte que 400 habitants, mais qui est située à moins d'un kilomètre de nos côtes et se trouve submergée par des hordes touristiques. L'isolat qui m'interpelle doit être coupé du monde par 1 000 kilomètres, sans âme qui vive, sans information qui chemine, sans voyageur qui se présente, sans escale qui s'impose. Admettons quelques contacts épisodiques, des navires qui viennent « faire de l'eau », apporter quelques marchandises. « Bonjour », « Bonsoir ». Sans plus.

Nous avons toutes les raisons d'ignorer ces îles perdues dont l'histoire ne saurait interférer avec la nôtre, la grande, la vraie. Ces mondes semblent trop petits pour mériter notre attention. Pourtant leur histoire est un avatar de la nôtre. On y retrouve les mêmes passions, les mêmes pulsions, les mêmes contraintes, les mêmes épreuves, les mêmes incohérences, ce sont toujours des histoires humaines mais avec une présence beaucoup plus forte de la réalité. L'histoire peut même s'accélérer lorsque la dimension se réduit. Une évolution qui, chez nous, prendrait des siècles, se produit tout à coup en quelques années.

L'exploration de ces îles perdues nous offre autant de fables dont les moralités ne nous disent pas ce que nous devons faire, mais ce que nous devons connaître pour faire face à notre propre situation. C'est ainsi que l'Histoire majuscule peut aussi se lire dans l'histoire à échelle minuscule.

En nous faisant voir la Terre dans l'espace, l'astronautique nous a situés dans notre vaisseau planétaire, le seul que nous aurons jamais. L'humanité mondialisée se découvre prisonnière de l'espace tout comme l'insulaire de l'océan. D'une finitude à l'autre, il y a plus que des analogies. À cette différence que la grande histoire entrevoit ses limites tandis que la micro-histoire n'a jamais pu ignorer les siennes. Cette révélation fait naître en nous une sourde angoisse, provoque une agitation impuissante, un sentiment d'irréversible chaos. Comment vit-on dans un monde limité, prisonniers d'un espace infini ? L'histoire n'a pas de réponse à nous proposer.

De ce micro-monde, surgissent d'invraisemblables sagas, cruelles ou apaisantes, qui vont bien au-delà de leur simple valeur narrative. Le changement de focale devient un exercice prophylactique sinon thérapeutique.

J'ai donc entrepris une croisière des îles perdues, celles qu'on ne se représente pas d'après leur carte postale ; celles qui sont loin, au-delà de l'horizon, tout au bout du monde. Et, de l'une à l'autre, c'est tout notre avenir qui se dessine, s'annonce ou se dénonce selon les cas. Pour chacune de ces îles perdues, je ferai moins parler la géographie que l'histoire, la carte que le récit, mais sans jamais dissocier les habitants de leur territoire.

Peut-on parler d'une île sans prendre le bateau ? Sans doute pas. Le voyage demeure la voie royale de la connaissance géographique. Les croisiéristes le savent, qui de toute île font une escale. Ne pourrait-on, sur ce principe, monter une croisière des îles perdues afin de visiter, l'une après l'autre, ces micro-humanités ? L'idée est contradictoire dans les termes mêmes. Ces mondes insulaires sont quasi inaccessibles en raison de leur isolement. Comme il faut toujours une exception, citons l'île de Pâques, sans nul voisin à moins de 3 000 kilomètres, mais qui dispose aujourd'hui d'un aéroport international. Il suffit donc de prendre son billet pour voir les fameuses statues après quelques heures de vol, et l'île « perdue » n'est que trop « trouvée » par des foules qui, de ce lieu inaccessible, ont fait l'exemple même du surtourisme. Ce cas mis à part, les îles dont nous allons parler sont très difficiles à rejoindre. C'est même à ce titre qu'elles figurent ici. Certes, l'isolement n'est plus absolu, comme il a pu l'être jusqu'au XIXe siècle mais, malgré tous les progrès des transports, il demeure une réalité. Pour chacune de ces destinations, il faut multiplier les démarches, attendre la prochaine place disponible dans l'avion ou sur le bateau. Dans chaque cas il s'agirait d'une expédition, certainement pas d'un circuit pour croisiériste. Au reste, rien ne prouve qu'un bref séjour permettrait de comprendre l'histoire qui se joue sur ce petit bout de terre.

Ces mondes perdus de la géographie se découvrent de la même façon que les mondes perdus de l'histoire. L'espace peut nous séparer comme le temps, nous confronter à des réalités qui ne s'observent que de loin. C'est alors que nous devons plonger dans les documents, les études, les récits et les témoignages de ceux qui, à un titre ou à un autre, ont vécu ces événements, pour en redécouvrir la réalité.

Cette croisière que nous entreprenons ne vise pas à prendre la photo et passer à l'escale suivante mais, autant qu'il sera possible, à faire vivre et comprendre. En m'offrant cette impossible navigation, je me suis beaucoup enrichi ; il est juste qu'au retour de ce voyage immobile je partage ce métaphorique butin.

Cette démarche recoupe, par certains points de vue, celle de l'essayiste à succès américain Jared Diamond[1] qui s'interroge sur l'effondrement des civilisations. Longtemps ce champ d'étude nous a fascinés, sinon divertis. Il est entendu que toutes les civilisations sont mortelles mais il en va pour elles comme pour les individus : la certitude de la mort n'est valable que pour les autres et jamais pour soi. À si bien connaître les raisons qui poussèrent tant de civilisations dans les fosses communes de l'histoire, nous écartions cette « fin des temps » qui hantait nos ancêtres en nous installant dans une durée qui n'aurait pas de fin.

Mais nul ne croit plus en cela. Chaque année, les rapports du GIEC nous annoncent le prochain déluge qui ne tombera pas du ciel mais montera des océans ; quant à l'apocalypse nucléaire, très lointaine menace si longtemps que les superpuissances seules pouvaient accéder à la bombe, elle se rapproche au rythme d'une prolifération qui augmente les risques de guerre nucléaire sans réduire ceux de conflits conventionnels. Décidément, notre assurance tous risques se révèle de plus en plus risquée.

Le monde industriel a posé en postulat que le progrès nous prémunit contre le risque d'effondrement, qu'il nous apporte l'élixir d'éternité. Cette illusion n'est plus de saison. La technique crée les problèmes

1. Jared Diamond, *Effondrement*, traduit de l'anglais (États-Unis) par Agnès Botz et Jean-Luc Fidel, Paris, Gallimard, 2006.

à mesure qu'elle apporte les solutions, la science nous balade d'une interrogation à la suivante. Plus que jamais, nous aurions besoin de regards différents pour nous extraire d'une rationalité devenue absurde, pour nous faire entrevoir la logique d'un autre monde, le temps d'une autre existence. Ne pourrions-nous trouver dans la modeste dimension les échos d'une finitude qui nous échappe dans la mondialisation ?

Les sociétés insulaires sont en danger. Elles survivent dans des limites très étroites, des limites qui peuvent à tout moment les écraser. Elles ne peuvent l'ignorer car elles le voient et leurs modes de vie sont conditionnés par cette menace. Je me suis donc passionné pour ces micromondes que nous ignorons alors même qu'ils explorent pour nous les secrets de l'avenir. Regardons tous ensemble l'histoire implosée de l'antimondialisation.

Première escale

TRISTAN DA CUNHA

Un refuge dans l'Atlantique

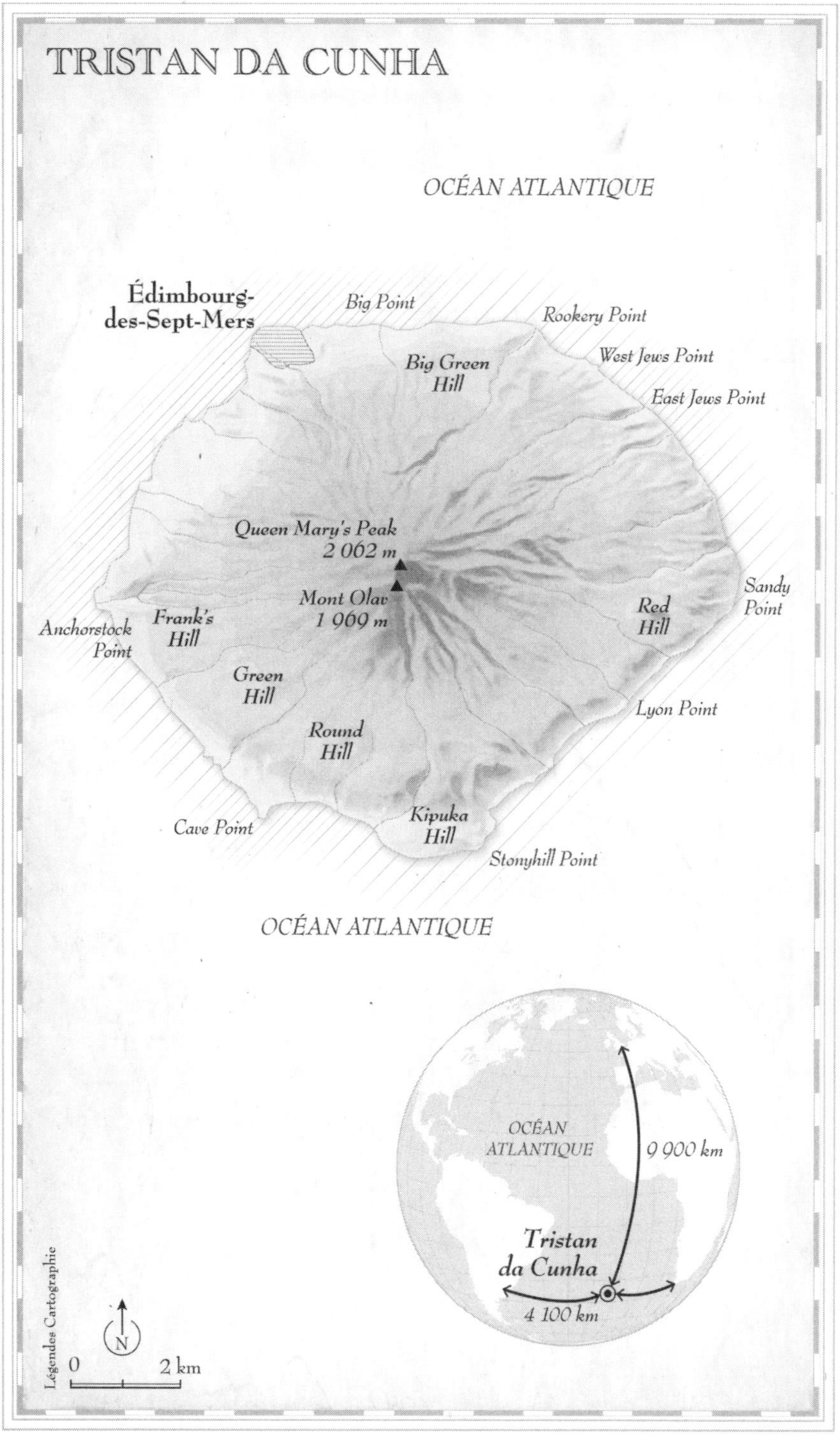
TRISTAN DA CUNHA
OCÉAN ATLANTIQUE
Édimbourg-des-Sept-Mers
Big Point
Rookery Point
West Jews Point
Big Green Hill
East Jews Point
Queen Mary's Peak 2 062 m
Mont Olav 1 969 m
Sandy Point
Red Hill
Anchorstock Point
Frank's Hill
Green Hill
Lyon Point
Round Hill
Kipuka Hill
Cave Point
Stonyhill Point
OCÉAN ATLANTIQUE
OCÉAN ATLANTIQUE
9 900 km
Tristan da Cunha
4 100 km
N
0
2 km
Légendes Cartographie

L'épopée napoléonienne s'est terminée dans une prison océanique dont tous les Français connaissent le nom : Sainte-Hélène. Une île sinistre qu'ils situent vaguement au milieu de l'Atlantique, une île perdue dont la seule notoriété tient au souvenir de l'illustre prisonnier qu'elle accueillit. Mais chacun sait, ou croit savoir, qu'avec Sainte-Hélène, les Anglais ont choisi le bout du monde. Au-delà, il n'y avait plus rien que l'Antarctique qui, à l'époque, était complètement inconnu.

Et pourtant, l'insulaire prison impériale est loin de détenir le record d'isolement. Si vous vous aventurez plus au sud, vers l'Antarctique, vous découvrez sur les cartes un point encore plus petit, plus perdu dans sa solitude océanique : Tristan da Cunha. L'île des *Bienheureux de la Désolation*, mais n'anticipons pas. Un rien de géographie pour poser le décor. Majestueux.

Ces îlots volcaniques ont été repérés et baptisés au début du XVIe siècle par un explorateur portugais,

Tristan da Cunha évidemment. Le navigateur découvrit le site mais se garda bien d'y mettre les pieds. L'archipel était inhabité, cela va de soi. Qui donc aurait voulu s'installer à une telle latitude ?

Une cinquantaine d'années plus tard, un vaisseau de la Compagnie néerlandaise des Indes orientales se risque à débarquer. Juste le temps de prendre de l'eau et de déposer une plaque commémorative. La première véritable exploration n'interviendra qu'en 1767, menée par la frégate française *L'Heure du Berger*. Mais le lieu est suffisamment inhospitalier pour n'attirer aucun habitant. Il constitue un repère à l'écart de tout et rien de plus. L'explorateur anglais James Cook le baptise « île de la Désolation ». On ne saurait mieux dire.

Nous nous trouvons donc à des latitudes très élevées : « Les quarantièmes rugissants », avec de l'eau à perte d'horizon. Difficile d'être plus isolé. Le Cap, en Afrique du Sud, est à 2 800 kilomètres et, à l'ouest, Rio de Janeiro est à 3 200 kilomètres. Pour la terre la plus proche, Sainte-Hélène, il faut compter 2 400 kilomètres. L'archipel volcanique comporte des îlots inhabitables, comme l'île Inaccessible, l'île de Nightingale, et, au centre, se trouve Tristan da Cunha. Il s'agit en fait d'un superbe volcan, le Queen Mary's Peak, émergeant des profondeurs atlantiques pour dépasser 2 000 mètres d'altitude. Par chance, à ses pieds, une plaine côtière de 300 hectares peut servir d'espace habitable. C'est là qu'a été construit le seul village : Édimbourg-des-Sept-Mers.

Le climat est tempéré, en moyenne 15 °C. Mais le vent souffle en permanence, on compte 250 jours de pluie par an et les tempêtes, voire les cyclones, ne sont pas rares. Bref, pour s'y plaire, il faut préférer les coups de vent et les averses aux rayons du soleil. En dépit d'une nature grandiose, l'île est inhospitalière et n'attire les navires que le temps de faire le plein d'eau et de bois. Elle appartient à la Grande-Bretagne mais a toujours vécu de façon très autarcique.

La population – 250 habitants et neuf noms de famille – est organisée sur une base communautaire. Il y a juste ce qu'il faut de terres fertiles pour nourrir cette communauté restreinte. Chacun possède sa parcelle pour cultiver ses pommes de terre. Mais les arbres ont du mal à pousser à cause du vent, du mal à surmonter la déforestation à cause des hommes. Les habitants, ou plutôt les familles, se sont réparti l'île et, d'un commun accord, n'accepteront aucun habitant supplémentaire qui souhaiterait s'y installer. À Tristan da Cunha, chacun a son lot. On ne connaît ni le chômage, ni la misère.

Voilà pour la géographie, mais c'est l'histoire qui est passionnante, celle qui a inspiré Hervé Bazin.

Une garnison pour Napoléon

Cette histoire a beaucoup de mal à commencer car il lui manque l'essentiel : l'homme. Pas de préhistoire, ni même de civilisation traditionnelle, la présence humaine n'apparaît qu'au XIXe siècle, avec des personnages assez extravagants. Après sa découverte en 1506 par le Portugais Tristan da Cunha, le premier à tenter de coloniser l'archipel est l'Américain Jonathan Lambert qui, en 1810, crée un comptoir avec trois compagnons et se voit déjà « roi » d'une île qu'il rebaptise « Réception ». Malheureusement pour lui, la mer est moins accueillante et il périt noyé en 1813, laissant l'île à sa solitude.

C'est en 1815 qu'elle reçoit sa première population : une centaine de soldats britanniques avec leurs familles. Curieuse idée pour la Grande-Bretagne de vouloir se construire une place forte au milieu de ce désert océanique. Rien d'une colonie de peuplement, juste une garnison. À Waterloo, Napoléon a été définitivement vaincu et destitué. Le voilà prisonnier, mais où l'incarcérer ?

Les Anglais, à jamais traumatisés par le retour de l'île d'Elbe, ne peuvent se contenter de l'océan, fût-il Atlantique, pour garder le détenu. Pour les rassurer, il faut une troupe prête à l'intercepter s'il tentait une évasion. Ces gardiens de l'ex-empereur doivent se trouver sur place. Pour surveiller Sainte-Hélène, il n'est qu'un lieu possible : Tristan da Cunha.

La Grande-Bretagne annexe donc l'archipel auquel personne ne s'intéresse et transforme cette terre inhospitalière en une île de garnison. Mais Tristan da Cunha se prête mal à cette mission. Elle est difficile d'accès et même dangereuse, les distances sont interminables, la météo est détestable, les manœuvres toujours incertaines. Le naufrage d'un navire, la *Julia*, fait 56 morts. C'est trop cher payé. L'amirauté entreprend, dès 1817, de rapatrier ces lointains geôliers impériaux. Les soldats sont enchantés de revenir au pays mais, curieusement, un artilleur, William Glass, demande à rester avec sa famille. Deux autres soldats se joignent à lui. Autorisation accordée. Le début de l'histoire pour Tristan da Cunha.

Tout au long du siècle, le peuplement se poursuit, au petit bonheur, au petit malheur, avec des gens venus d'horizons très différents, des marins de passage qui ne veulent pas rejoindre leur bateau, des survivants de naufrages, des femmes de Sainte-Hélène qui viennent fonder une famille, des aventuriers qui veulent poser le sac, des hommes qui souhaitent rompre avec leur passé, soldats, criminels, aventuriers, etc. Un peuplement incroyablement divers dans son origine, dans sa langue aussi, mais qui finit par s'entendre dans un écossais simplifié et « créolisé ». Ce brassage de destins si différents débouche sur une société extraordinairement organisée, solidaire. Le paradoxe n'est qu'apparent.

Communistes sans le savoir

William Glass, chrétien de stricte observance, va au-delà de la morale catholique. Il pose l'égalité en principe fondateur. Non pas comme objectif ou idéal, mais comme règle absolue : ici, tout de suite.

« Nul ne s'élèvera ici au-dessus de quiconque », décrète-t-il. Il crée une société chrétienne égalitariste dans laquelle la richesse et le pouvoir sont équitablement répartis. En somme, une société communiste. La première et sans doute la seule qui ait jamais existé, mais qui ne l'a jamais su.

Au XIXe siècle, cette population ne dépasse guère la centaine de personnes mais parvient à subsister. Car les baleiniers et les cargos sont bien heureux de pouvoir, le temps d'une brève escale, faire le plein d'eau et de nourriture fraîche. C'est une activité rémunératrice et, en outre, un contact précieux avec le reste du monde.

Malheureusement, le besoin de se réapprovisionner se réduit avec l'apparition de la vapeur et le percement des canaux de Suez et de Panama. Les plus gros navires ne contournent plus l'Afrique et l'Amérique du Sud. Pour la marine moderne, Tristan da Cunha perd sa nécessité. Le nombre des escales se réduit dramatiquement. Les Tristanais ne peuvent compter que sur leurs propres forces.

L'île, qui a perdu son rôle d'escale nécessaire, n'aura même aucun contact avec le monde extérieur entre 1908 et 1919, ce qui lui permettra d'ignorer la guerre et d'échapper à la grippe espagnole. Le reste du temps, deux ou trois navires par an font escale. La population vit avec les techniques du XVIIIe siècle, la religion aussi. En 1881, cette communauté en manque de pasteur invite le révérend Edwin Dodgson à la rejoindre. Après un séjour de trois ans sur l'île, le missionnaire la quitte en concluant qu'il faudrait évacuer la population.

Pendant la Seconde Guerre mondiale, la Royal Navy établit à Tristan da Cunha une station pour surveiller les sous-marins allemands. Elle construit toute une base, Atlantic Isle, qui sera bien utile à la population lorsqu'elle l'abandonnera en 1945. La Grande-Bretagne envoie un gouverneur, qui fait découvrir la monnaie mais n'apporte pas la moindre subvention. Les 250 habitants s'accommodent encore d'un environnement technique du XIXe siècle sans trop en souffrir car le confort moderne ne fait pas défaut à ceux qui n'en ont pas la pratique. Pourtant, en 1958, les Tristanais côtoient sans le savoir le XXe siècle. La marine américaine fait l'essai d'une bombe atomique atmosphérique juste au-dessus de leur tête. Mais ils n'auront jamais connaissance de cette « opération Argus »... ni des retombées radioactives qu'elle aurait pu provoquer.

Alerte au volcan

En 1960, les Tristanais se trouvent menacés par une autre explosion : le volcan se réveille. Tremblements de terre, fissures, dégagements de fumées ; tout annonce une éruption prochaine, une éruption qui serait fatale à la population. Un Pompéi de l'Atlantique se prépare. Les Tristanais étant des sujets de Sa Gracieuse Majesté, il ne peut être question de les abandonner à leur mauvais sort. Les Britanniques organisent donc leur évacuation. En un premier temps, la Royal Navy s'efforce de les faire vivre sur un îlot voisin peu accueillant : l'île de Nightingale. Situation aussi inconfortable que dangereuse. Si le Queen Mary's Peak explosait, les réfugiés seraient en très grand danger. En outre, rien n'indique que cette crise volcanique se résorbera en quelques jours. Il faut trouver une solution plus sûre et plus pérenne. Il est donc décidé d'emmener les réfugiés en Afrique du Sud, où ils seront hébergés dans des logements d'urgence au Cap. Mais, là encore, la situation n'est pas satisfaisante. On en vient alors à la solution la plus évidente : le départ pour la Grande-Bretagne. Les Tristanais sont accueillis dans une ancienne base militaire de la Royal Air Force, près de Southampton.

L'opinion anglaise a été émue par cette histoire, les réfugiés sont accueillis à bras ouverts. Il est entendu pour tous que ces pauvres gens vont découvrir le progrès dont ils ont été privés sur leur île désolée, qu'ils ne retourneront pas dans leur pays de sauvages. Ils ont été soustraits à la fureur du volcan, c'est l'essentiel. Le peuple anglais s'apitoie sur leur sort et veut leur offrir les avantages de la vie moderne. L'électricité, la télévision, les salles de bains, les aspirateurs, les fours électriques, Walt Disney… Après avoir goûté aux bienfaits du XXe siècle, comment pourraient-ils retourner dans les brumes du XIXe siècle ?

Les Britanniques ne voient que l'aspect extérieur de cette histoire : la découverte du confort moderne ; ils n'ont pas conscience du choc culturel que représente le passage d'Édimbourg-des-Sept-Mers à Londres. Ils n'en ont pas conscience car à leurs yeux, la façon de vivre des Tristanais ne relève pas de la culture. Seulement de la nécessité. La question ne se pose pas et se posera d'autant moins quand l'île aura été dévastée par l'explosion.

Mais, justement, les sismographes n'enregistrent pas l'éruption cataclysmique attendue. En 1962, la Royal Society décide d'envoyer une expédition sur place. Les scientifiques constatent d'une part que le volcan s'est calmé, semblant retourner à son sommeil millénaire, d'autre part qu'il y a bien eu des explosions, mais qu'elles ont été de faible intensité. La coulée de lave et les projections n'ont en rien perturbé la faune et la flore et se sont arrêtées à 300 mètres des constructions. Le village d'Édimbourg n'a subi aucun dégât. Heureuse surprise ! Le danger est passé et tout est resté en l'état.

Pour les Britanniques en contact avec les réfugiés, cela ne change rien. Il est exclu de renvoyer les Tristanais à leur vie misérable. L'organisation qui les prend en charge fait tout pour leur être agréable, pour en faire de vrais Anglais. Mais les réfugiés ne l'entendent pas de cette oreille. Dès lors que leur île est en bon état, ils ne voient pas pourquoi ils resteraient en Grande-Bretagne. Emmenés par le chef de la communauté, Willie Repetto, ils entreprennent d'organiser eux-mêmes leur rapatriement.

Pour les autorités britanniques, cette volonté est tout simplement incompréhensible : comment les Tristanais pourraient-ils préférer à la vie moderne qui leur est proposée en Grande-Bretagne l'existence si rude qu'impose l'île de la Désolation ? L'affaire devient politique. Elle est débattue à la Chambre des communes. Cet extravagant « droit au retour » ne saurait s'exercer qu'en toute connaissance de cause. Concrètement, chaque réfugié se verra offrir un logement, des meubles, un travail, une pension pour les plus âgés, une bourse pour les plus jeunes, des soins gratuits pour tous, etc. L'Angleterre, il est vrai, s'engage également à moderniser l'île pour ceux qui voudraient y retourner. La presse suit l'affaire avec curiosité. De part et d'autre, l'incompréhension est totale.

Ce sera donc aux Tristanais de trancher, à bulletins secrets – mais seuls les hommes s'exprimeront, les femmes n'ayant pas encore le droit de vote. Le résultat est sans appel : 148 voix pour le retour à Tristan, 5 pour l'installation en Angleterre. Les réfugiés vont donc repartir en 1963 pour retrouver leur existence communautaire.

L'utopie réalisée

Les Tristanais, moins les cinq qui ont choisi de rester en Angleterre, sont donc rapatriés. Les autorités britanniques procèdent à quelques aménagements sur place, bien modestes. Les conditions de vie restent très sommaires. C'est en 2000 seulement que l'électricité sera disponible partout et tout le temps. Pourquoi donc avoir choisi cet environnement spartiate plutôt que le confort moderne, pourquoi avoir refusé le grand bain de la mondialisation pour rester dans le petit marigot insulaire ? Posée en ces termes, la question ne trouve pas de réponse. La modernité apporte d'indéniables satisfactions et l'on comprend mal que nos Tristanais aient accepté de subir les servitudes du monde préindustriel : la souffrance, la saleté, la monotonie, dont le progrès technique nous débarrasse si facilement.

Mais est-il assuré que la question se soit posée en ces termes ? Je ne le pense pas. Le choix n'a pas porté sur l'environnement technique, mais sur le mode de vie. Ce sont deux cultures, pour ne pas dire deux civilisations, qui se sont opposées. Comment pourrions-nous en être conscients si notre système social nous paraît être le seul possible ? Nous ne percevons plus notre individualisme concurrentiel comme une forme de société parmi d'autres. Il en va bien différemment pour les Tristanais, qui vivent dans un tout autre monde. Ils ont moins rejeté nos artefacts que le mode d'emploi qu'ils imposent. La mondialisation, l'individualisme, la concurrence, la hiérarchie, l'égoïsme, le chacun pour soi et le tous contre tous sont à la base de notre sociabilité. Pour le meilleur des uns, pour le pire des autres. Le contraire même de la société qui s'est construite à Tristan da Cunha.

Pour une si petite communauté perdue dans l'immensité océanique, la survie passe avant les conditions de vie. La commodité, le plaisir, le confort, l'orgueil ou la vanité n'ont pas leur place. Seule compte la sécurité. Le capitalisme repose sur le principe inverse. Les individus vivent dans l'insécurité, le système dans l'éternité. L'environnement naturel est à disposition, sans limites. C'est une illusion qui ne peut prospérer sur un si petit territoire. L'îlien connaît son héritage, celui qui assure sa survie. Il l'a sous les yeux et se doit de le protéger.

Pour respecter cette discipline, il faut des structures sociales extrêmement fortes. Non pas au niveau des institutions, mais à celui des comportements. Sur de telles nécessités s'est créé un système social tristanien qui fonctionne remarquablement bien et dont les habitants ne peuvent plus se passer. La survie est tout à la fois individuelle, familiale et collective. Chacun sait qu'il doit assurer sa propre subsistance, mais il sait aussi qu'il peut compter sur les autres et que les autres peuvent compter sur lui. La sécurité n'est pas recherchée dans la compétition de tous contre tous, mais dans la solidarité de tous avec tous.

L'économie de marché trouve à Tristan da Cunha son village gaulois qui refuse de se mettre à l'heure libérale. L'espace cultivable est réparti de telle façon que chacun puisse vivre. Toute famille reçoit son lopin de terre, chaque personne possède une vache et deux moutons. Le Tristanais est tout à la fois agriculteur, pêcheur, maçon, charpentier, terrassier. Il fait ce qu'il faut faire quand il faut le faire. La nécessité tient lieu de règlement. Un tel système apporte à chacun la sécurité de tous.

Il est probable que, dans l'incompréhension des années 1960, le travail a beaucoup joué. À Tristan, la polyvalence est gage de survie. Pour soi, pour son voisin ou pour la communauté, il n'importe. La spécialisation n'aurait pas sa place dans un tel système, la rémunération monétaire non plus. Sans doute faut-il que certaines fonctions soient remplies qui nécessitent une certaine spécialisation : infirmier, enseignant, technicien, etc. Mais ces compétences particulières ne confèrent pas un statut à part. Elles se greffent sur le savoir-faire insulaire. Chacun fait ce qu'il sait faire et redevient ensuite un citoyen comme les autres. Dans ce système, notre notion d'emploi perd son sens. Le travail ne saurait être parcellisé, il se répartit en tâches : un problème, un résultat.

Les Tristanais vécurent difficilement l'emploi moderne, qui ne consiste pas à produire un bien ou un service mais à faire toujours la même chose, à la même heure et au même endroit. Ils se découvraient vivant dans un marché et non dans une communauté, et, curieusement, c'est le système libéral qui suscita chez eux le sentiment de perdre leur liberté.

Ce communautarisme, pour ne pas dire ce communisme, donne son sens au travail et apporte la sécurité dont nos économistes ne comprendront jamais l'importance pour les plus démunis. Que pèse une augmentation de salaire face au risque de se retrouver sans ressources ? La seule économie de type libérale était limitée aux échanges très réduits avec l'extérieur. La langouste, le homard, particulièrement appréciés, tenaient une place essentielle et permettaient de se procurer certains biens qui ne pouvaient être produits sur place. Cela restait marginal. Jusqu'en 1960, l'économie de marché n'avait pas ses représentants institutionnels : les banques, la police, les juges, etc. Tristan da Cunha, c'était l'antimondialisation absolue, le triomphe du village total coupé du reste du monde.

Un communisme réussi en quelque sorte ? Sans doute, mais les intéressés feraient les yeux ronds s'ils étaient classés comme disciples de Marx et de Lénine. Ce qui semble prouver tout simplement que le bel idéal communiste peut se réaliser à très petite échelle mais qu'il ne peut survivre en se déployant sur un continent et comme système de pouvoir. Même si Tristan da Cunha ne laissait que cette leçon, son histoire serait encore précieuse.

À l'heure de la mondialisation

Mon récit est spontanément passé du présent au passé car la modernité a fini par rattraper l'île perdue. Pour le meilleur, pas encore pour le pire. Tristan n'est pas devenue un Disneyland insulaire, mais ce n'est pas non plus le village rudimentaire des années 1950. On y trouve désormais deux églises, l'une catholique, l'autre anglicane, une école, un hôpital, un bureau de poste, un supermarché, une piscine et même un policier.

Comment mêler la grande et la petite dimension ? C'est l'expérience fascinante que vivent les Tristanais. Le téléphone, Internet, la voiture, l'électroménager, tous les emblèmes de la modernité ont fait progressivement leur apparition, tantôt apportés par l'initiative individuelle, tantôt par la solidarité collective. Seul manque encore l'aéroport. Les avions de ligne n'auront sans doute jamais la place pour atterrir. Ils ne trouveraient pas non plus le trafic pour rentabiliser des vols réguliers. L'isolement recule, mais l'accès demeure difficile.

L'île ne s'aborde qu'en bateau, et encore… Les navires de croisière doivent rester au large avec des transbordements lorsque l'état de la mer le permet. Les paquebots géants avec leurs milliers de passagers ne font que passer au loin. Quant au voyageur, il doit partir du Cap en Afrique du Sud sur de petits bateaux (une douzaine de places), à raison d'une dizaine de rotations par an. Les Tristanais sont évidemment prioritaires. Autant dire qu'un séjour se prépare longtemps à l'avance et n'est jamais assuré. Mais l'image du point le plus reculé, le plus isolé du monde fascine et l'activité touristique se développe : accueil, hébergement, promenades organisées, tout se met en place ; la limite du surtourisme n'est pas loin, mais ne sera jamais dépassée.

En effet, les Tristanais vivent dans la conscience, pour ne pas dire la hantise, de l'étranger. Ils sont chez eux et entendent bien le rester. Leur territoire est des plus restreints, ils le savent et se protègent en conséquence. L'étranger doit multiplier les formalités pour être autorisé à venir : informations nombreuses sur la personne, le séjour, justification, durée. Il faut vraiment montrer patte blanche. Sur place, il n'est question ni de travailler ni d'acheter un bien immobilier. Cette préférence nationale radicale serait très mal vue en Occident. Dans le cas de Tristan, la fermeture est la contrepartie de l'extraordinaire solidarité qui relie entre eux tous les habitants et pas seulement de l'exiguïté du territoire. Les uns après les autres, les pays socio-démocrates découvrent l'obligation de contrôler sévèrement les bénéficiaires de la providence étatique. L'exemple de Tristan da Cunha, dans un cadre tout différent, a, depuis bien longtemps, conduit aux mêmes conclusions.

Fort heureusement, la technologie bat en brèche l'isolement. Aujourd'hui, les télécommunications mettent Édimbourg-des-Sept-Mers à l'heure de Londres, Pékin ou New York. Un Tristanais peut agir à distance et, s'il veut se déplacer, le voyage n'est tout de même pas une expédition. Les jeunes, en particulier, vont faire leurs études en Europe ou en Amérique. On pourrait donc imaginer que, munis de leurs diplômes, ils restent à l'étranger. Mais l'appel du pays reste aussi fort pour eux que pour leurs parents dans les années 1960. Car les liens sociaux si étroits qui s'étaient créés dans les siècles de solitude n'ont pas disparu. Ceux qui partent finissent inévitablement par revenir. Mais la population étant juste suffisante, il est hors de question de l'augmenter avec de nouveaux venus.

Des voyageurs revenant de Tristan m'ont décrit la force des relations toujours vivaces, toujours vivantes. Le tissu social est entretenu par l'échange des services. En permanence et pas seulement au sein de la famille. À cette remarque près que l'échange n'est pas un cadeau. Il appelle la réciprocité ; à valeur comparable. Pour l'évaluation, les anciens comptent encore en livres de pommes de terre, le légume fétiche de l'île. Et puis il y a les invitations et les fêtes, chez les uns, chez les autres, en cérémonie ou à la bonne franquette, à quatre ou à quinze, peu importe, il faut rester au proche contact les uns des autres.

Est-ce à dire que les Tristanais vont nous apprendre le bon usage de la modernité ? Il est beaucoup trop tôt pour l'affirmer. Ils évoluent clairement dans une phase incertaine, entre l'assurance de la tradition et l'attrait de la nouveauté. Le consumérisme gagne chaque jour, avec sa projection de l'être dans l'avoir, avec la jouissance béate d'un robot dont on se passait fort bien la veille. Signe inquiétant, l'alcoolisme a fait son apparition. Partis avec un grand retard dans le monde moderne, les Tristanais en franchissent les étapes beaucoup plus rapidement. Grâce à leur petite taille. À nous de voir chez eux ce que nous ne savons plus voir chez nous. À cause de notre grande taille.

Deuxième escale

TIKOPIA ET RAPA

De si fragiles paradis

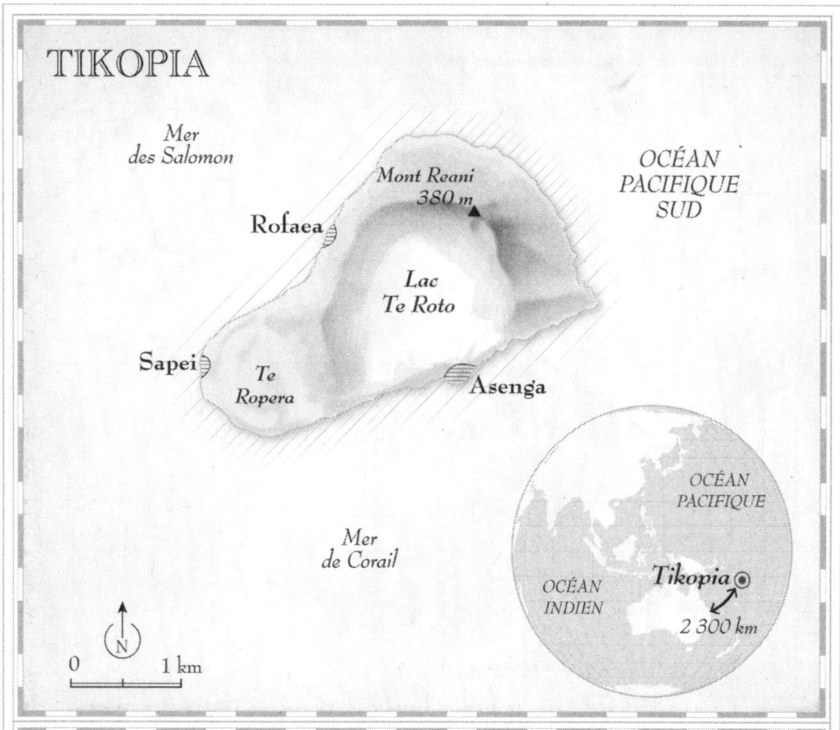
TIKOPIA
Mer
des Salomon
Mont Reani
380 m
OCÉAN
PACIFIQUE
SUD
Rofaea
Lac
Te Roto
Sapei
Te
Ropera
Asenga
OCÉAN
PACIFIQUE
Mer
de Corail
OCÉAN
INDIEN
Tikopia
2 300 km
N
0
1 km

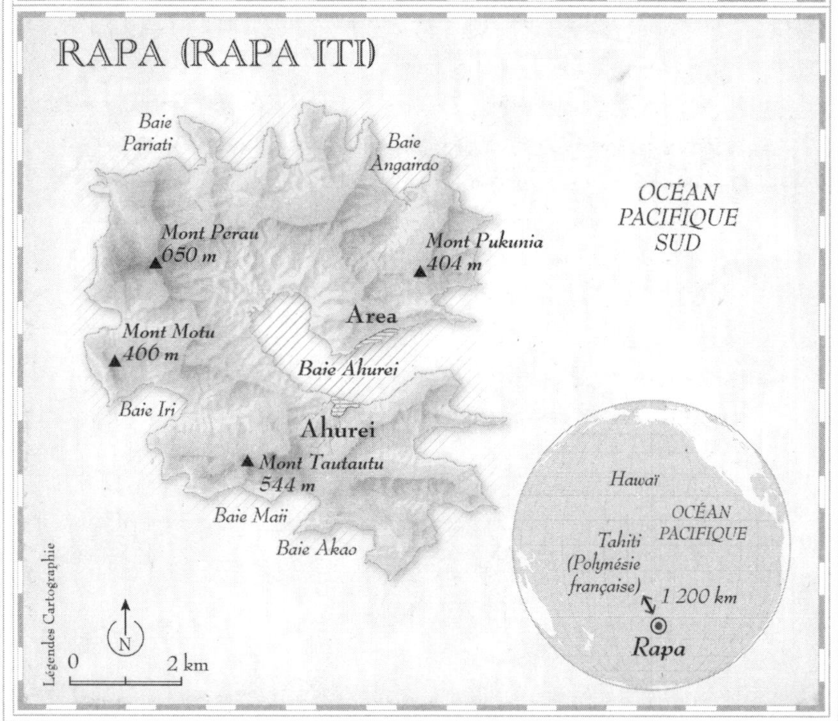
RAPA (RAPA ITI)
Baie
Pariati
Baie
Angairao
OCÉAN
PACIFIQUE
SUD
Mont Perau
650 m
Mont Pukunia
404 m
Area
Mont Motu
466 m
Baie Ahurei
Baie Iri
Ahurei
Mont Tautautu
544 m
Hawaï
OCÉAN
PACIFIQUE
Baie Maii
Tahiti
(Polynésie
française)
Baie Akao
1 200 km
Rapa
N
0
2 km
Légendes Cartographie

Les Tristanais l'ont échappé belle. Si l'explosion du Queen Mary's Peak avait été majeure, ils auraient disparu sous la cendre comme les habitants de Pompéi. L'enseignement de cet épisode est double. Tout d'abord, il rappelle le danger de ces très petites îles qui peuvent être séduisantes, fascinantes mais qui vivent toujours sous la menace. En effet, il manque à ces microcosmes océaniques ce gage de sécurité auquel nous ne prêtons aucune attention : l'Ailleurs. Les catastrophes ponctuelles auxquelles nous sommes exposés ne s'abattent pas sur la planète tout entière, elles sont toujours localisées, ce qui laisse place à un « ailleurs » d'où peuvent venir les secours. Sur une île perdue, en revanche, lorsque les éléments se déchaînent, les possibilités de se mettre à l'abri sont restreintes. Très rapidement, la survie même est en jeu.

Le deuxième enseignement, c'est la force de cette sociabilité qui cimente de si petites communautés, une solidarité indispensable pour affronter de si grands dangers. Cette exigence insulaire est globale, elle se manifeste dans l'organisation de la société, dans la hiérarchie des valeurs, dans l'appropriation de la terre, dans les structures familiales. Le support culturel peut être très différent mais l'exigence est partout la même, qu'elle se combine avec les mythologies traditionnelles ou avec notre morale chrétienne, il faut toujours nourrir la population, se protéger contre les ouragans, bref : assurer la survie. Il se crée ainsi, du monde tropical au monde boréal, un modèle polymorphe dont l'insularité devient le plus fort dénominateur commun. Nous l'avons découvert dans les frimas de l'Atlantique, nous le retrouverons dans l'ensoleillement du Pacifique.

Cette diversité ne pose pas de difficultés aussi longtemps que chaque île reste refermée sur elle-même. Mais que se passe-t-il lorsque ces cultures si différentes, si longuement façonnées dans l'isolement océanique, se retrouvent au contact de notre monde universaliste ? Passer de l'isolement insulaire aux pièges de la mondialisation, de la modernité, devient l'inévitable défi à relever.

SOS Tikopia

« On a perdu Tikopia ! » Dans la nuit du 28 au 29 décembre 2002, depuis Honiara, la capitale des îles Salomon, dans le Pacifique, l'opérateur s'efforce en vain de joindre la petite île. Il ne comprend que trop bien la raison de ce silence. Tikopia est frappée par le cyclone tropical Zoe, le plus violent de l'année. Or elle n'est pas équipée pour résister à des vents soufflant à plus de 200 kilomètres heure. Terrifiant. Juste avant la perte de contact, il était question de maisons détruites, de quatre blessés légers. Puis plus rien. Cette interruption prouve que les dégâts doivent être considérables. Mais comment savoir ? L'îlot fait bien partie des îles Salomon mais il se situe à des centaines de kilomètres de la capitale. Qui s'en soucie ? L'archipel compte une douzaine de grandes îles et des centaines de petites. Tikopia, avec ses 5 kilomètres carrés, est certes habitée, mais à une telle distance on ne voit plus les habitants. On les oublie. Ils seront redécouverts les jours suivants, sur les images filmées depuis les hélicoptères australiens survolant les lieux de la catastrophe. Images terribles. Les constructions, les arbres, les cultures, tout est ravagé. On entrevoit effectivement des habitants errer dans un paysage dévasté.

Les dégâts sont considérables mais on ne compte aucun mort. Ce miracle ne tient pas à la technique moderne mais aux traditions ancestrales. Les habitants savent depuis toujours qu'en cas de danger cyclonique, ils doivent se réfugier dans les cavernes en hauteur. C'est ce qu'ils ont fait lorsqu'ils ont senti la tempête arriver, c'est ce qui les a sauvés. Certains dégâts se révèlent néanmoins catastrophiques. La berge qui sépare le lagon de la mer a été brisée. L'eau douce se trouve contaminée et les palmiers sagoutiers sont condamnés. Or ils sont indispensables aux insulaires, tant pour la nourriture qu'ils fournissent que pour la protection des maisons qu'assurent leurs feuilles. C'est véritablement une question de survie.

Qui viendra effectuer les réparations vitales dans cette île perdue ? Par chance, Tikopia attire et séduit, outre des ethnologues, quelques propriétaires de yachts qui forment une sorte d'amicale informelle, peu nombreuse mais très motivée. Quand ils apprennent le danger qui menace leur escale préférée, ils s'agitent, font jouer leurs réseaux et, grâce à l'intervention de ces « amis », une coopération internationale se met en place. Elle permet de construire rapidement un mur de fortune qui ferme la brèche et sauve l'île. L'alerte a révélé la grande fragilité de ce paradis polynésien tellement chaleureux avec ses fêtes, ses danses, ses couleurs, et si vulnérable au déchaînement des éléments.

Ouragan sur Lilliput

Effectivement, le même scénario se rejoue vingt ans plus tard, le 25 octobre 2023, avec l'ouragan Lola, aussi dévastateur que Zoe. Les antennes téléphoniques sont jetées bas par la tempête et les communications interrompues. Il n'est pas besoin d'échanger des messages pour savoir que les insulaires doivent recevoir au plus vite des vivres, faute de quoi la famine sera plus mortelle que le cyclone. Pourtant, à Honiara, on ne veut rien savoir car la capitale n'a eu droit qu'à une tempête tropicale et nul ne réagit au nom bizarre de Tikopia.

Les « amis » se mobilisent à nouveau pour faire parvenir au plus vite de la nourriture et des médicaments. Les autorités ne sont pas moins indifférentes en 2023 qu'en 2002. Le souci du moment, c'est l'organisation d'une campagne électorale, ce qui n'est pas une mince affaire dans un pays à ce point archipellisé. Le gouvernement affrète un bateau pour acheminer le matériel électoral. Début novembre, la diaspora tikopienne, peu nombreuse au demeurant, crée un « comité de soutien des habitants de l'île de Tikopia » qui se mobilise pour charger le bateau de toute l'aide alimentaire nécessaire. Mais la bureaucratie refuse de troquer le matériel électoral contre de l'assistance humanitaire. La démocratie doit passer avant la philanthropie et, en tout état de cause, on n'a toujours aucune information en provenance de cette île. Un silence inquiétant pour les uns, rassurant pour les autres. Mieux vaut ignorer que « là-bas » une population affamée tente de survivre dans un environnement dévasté.

Les « amis » contactent un skipper américain qui navigue dans les parages. Il lui faut une autorisation formelle pour porter des vivres à Tikopia. La bureaucratie laisse traîner la demande dont elle ne voit pas l'urgence. Quand, enfin, le skipper reçoit l'autorisation, c'est à cale vide qu'il dérive vers Tikopia. Il ne pourra que transmettre les premières images qui sont terrifiantes. Les constructions, les jardins, les arbres, les chemins : tout a été détruit. Ne reste qu'un champ de ruines. Les habitants se rationnent et font un repas par jour ; ils ne tiendront plus très longtemps. Le 11 novembre, le roi de l'île, Ti Namo, lance un appel au secours que chacun répercute au plus haut niveau. Encore faut-il, à chaque étape, s'efforcer de faire découvrir Tikopia à des gens qui n'en ont jamais entendu parler.

En définitive, un premier bateau peut partir à la mi-novembre, avec 280 sacs de riz. Une semaine de nourriture. Puis l'aide arrive au compte-goutte. Une partie de la population survit. Nul ne fera jamais le compte des plus faibles, des enfants, des malades, des personnes âgées qui n'ont pas pu surmonter l'épreuve.

Pour nous qui cédons si facilement au charme paradisiaque de la Polynésie, ce drame de Tikopia nous ramène à la plus brutale réalité. Ces mondes minuscules sont terriblement vulnérables. La France en a pris la mesure en décembre 2024, lorsque le cyclone Chido s'est abattu sur Mayotte. L'île fut tout entière dévastée, mais elle fait partie de l'ensemble français. Elle fut seule face au cyclone, mais française pour en surmonter les conséquences. La situation eût été bien pire si elle n'avait pu compter que sur ses propres ressources. Les catastrophes sont toujours locales, encore faut-il qu'il y ait un « ailleurs » pour s'en remettre. Malheur à ceux qui se trouvent au mauvais endroit, au mauvais moment, surtout s'ils ne peuvent espérer aucun secours. Sur certaines îles du Pacifique, aujourd'hui inhabitées, on retrouve des traces de très anciens campements. Comment les interpréter ? Les aborigènes ont-ils préféré un jour prendre le bateau et s'en aller ? Ou bien une catastrophe naturelle s'est-elle abattue qui n'a laissé aucun survivant ?

Il a fallu attendre Paul Valéry pour le découvrir : « Nous autres civilisations, nous savons maintenant que nous sommes mortelles [1]. » Les micro-humanités l'ont toujours su. Comment douter qu'un simple village puisse disparaître ? À l'échelle du monde, ce n'est jamais qu'une tache vide dans notre grand bazar planétaire, mais pour les villageois, c'est la fin de tout. Lorsqu'ils ont été menacés sur Tristan da Cunha, les Tristanais n'ont trouvé de protection que dans l'espace planétaire. Est-ce à dire que l'humanité ne doit sa survie qu'à sa prolifération ? Le besoin d'aventure qui a toujours saisi l'espèce humaine et lui a fait peupler la Terre entière a sans doute beaucoup fait pour sa préservation. Il fallait franchir le cap des millions d'individus et de kilomètres carrés pour que notre espèce soit en état de résister aux pires coups du sort, que notre avenir soit assuré. N'aurait-elle pas disparu si elle n'avait compté que quelques centaines ou quelques milliers d'hommes ? La réponse à cette question se trouve précisément à Tikopia.

---

1. Paul Valéry, « La crise de l'esprit », *NRF*, 1er août 1919.

Trois mille ans d'histoire

Nous sommes dans l'océan Pacifique sud, au large de l'Australie et de la Nouvelle-Zélande. Les îles Salomon regroupent une centaine d'îles, parmi lesquelles Tikopia. Politiquement, elles sont indépendantes depuis 1976 ; économiquement, elles dépendent toujours de l'aide internationale. Car l'État, pour souverain qu'il soit, reste très pauvre. Tikopia réussit à être isolée au sein même de cet archipel. L'île la plus proche, Anuta, est située à 130 kilomètres et ne compte que 170 habitants. Pour trouver plus consistant, il faut parcourir près de 250 kilomètres afin de rejoindre Vanikoro et ses 2 000 personnes. Tikopia ne compense pas cet éloignement par sa taille. L'île, volcanique ça va de soi, ne mesure que 5 kilomètres carrés mais compte une population d'environ 1 200 habitants. Elle est donc très peuplée et même menacée de surpeuplement.

La nature a tout l'attrait d'un paradis et la population est typiquement polynésienne, bien que Tikopia se trouve dans une région mélanésienne. Et c'est précisément cette population qui fait tout le charme de Tikopia. Car elle ne s'est pas laissé dévorer par la modernité. Elle a conservé une identité culturelle extrêmement forte et porte un regard lointain mais réprobateur sur d'autres populations du Pacifique qui ont cédé aux séductions consuméristes. Les « visiteurs », pour ne pas dire les touristes, ne sont admis que pour de courts séjours et guère plus de deux fois par an. La venue d'étrangers constitue un événement d'autant plus fêté qu'il est très rare.

Le réalisateur Corto Fajal, qui a réalisé un des rarissimes documentaires sur Tikopia, raconte cette anecdote très significative. Un Tikopiais souhaitait que son fils devienne médecin et s'installe dans son village. Il proposait en outre de créer une épicerie qui faisait défaut et dont les bénéfices permettraient de payer les études du jeune homme. Lui-même avait travaillé dans des îles plus importantes et comptait engager dans son double projet le pécule qu'il avait amassé. Cela ne suffisait pas. Il sollicita donc un prêt pour financer l'épicerie qui permettrait de payer les études. Dans un premier temps, les villageois, qui éprouvaient des difficultés tant pour s'approvisionner que pour se soigner, accueillirent très favorablement cette proposition. Mais, à la réunion suivante, trois semaines plus tard, l'épicerie n'avait plus la cote. Certains expliquaient qu'elle allait introduire la modernité et le règne de l'argent. On ne ferait plus des échanges, on ferait des achats, et cela produirait des inégalités entre ceux qui ont de l'argent et ceux qui n'en ont pas. Les opposants emportèrent la conviction et les villageois renoncèrent à l'épicerie comme au médecin, ainsi qu'à la généralisation de la monnaie. Telle est la force de la culture traditionnelle qui domine toujours les esprits et les comportements à Tikopia.

L'île n'a pas d'équipement portuaire ou touristique, tout juste quelques points d'eau voire un vague panneau solaire pour l'électricité. Les maisons sont toujours traditionnelles sur le modèle du bateau renversé, posant un redoutable problème de porte. Celle-ci ne peut être franchie qu'à quatre pattes et la politesse locale interdit de se retourner pour sortir. Mais on ne vient pas chercher à Tikopia le confort hôtelier. C'est l'âme de l'île qui fait sa richesse. D'ailleurs, cette « amicale » qui s'est révélée si efficace lors des catastrophes climatiques s'est constituée spontanément. Encore faut-il établir le contact, car nul ne débarque à Tikopia sans une autorisation en bonne et due forme, laquelle est toujours circonstanciée, personnalisée, donnant droit à un protocole festif avec les chants, les fleurs, les costumes, les couleurs, les cadeaux, les dégustations et cette danse d'accueil à laquelle nul ne résiste. C'est ainsi que la référence tikopienne, si rare, est devenue pour quelques heureux propriétaires de yachts une distinction qui peut les mobiliser en cas de nécessité.

Voilà donc une toute petite île, perdue au milieu du Pacifique et soumise au triple risque de la météo, de la famine et du surpeuplement. Pour la météo, inutile d'y revenir, Tikopia est depuis toujours sur la route de cyclones dévastateurs ; pour la démographie, le risque est de voir la population dépasser les capacités de subsistance et sombrer dans la faim et la violence. Bref, s'il est un peuple dont la survie n'était pas assurée, c'est bien les Tikopais et, s'il est un peuple dont la vie a été étudiée, c'est bien…

Tous les ethnologues savent que l'île est une référence en matière d'études ethnographiques sur une population traditionnelle. On doit cette connaissance au Néo-Zélandais Raymond Firth qui, dans les années 1920 et 1930, est venu vivre à Tikopia et a laissé une somme, *Tikopia Ritual and Belief*, un comble d'érudition qui a mis au clair et au jour les structures, le langage et les rituels de la civilisation tikopienne.

Nourrir la population

Quel peut être le secret de cette survie obstinée dans ces conditions incertaines ? La question ne pouvait que tarabuster Jared Diamond, obsédé par l'effondrement qui, selon lui, guette toutes les sociétés humaines. Notamment les plus petites. L'auteur est fasciné par la survie de 1 200 habitants sur une surface arable de 4,5 kilomètres carrés. Il l'est d'autant plus que les recherches archéologiques font état d'un peuplement constant sur trois mille ans. Peut-on imaginer une chose pareille ! Les ancêtres de nos Tikopiais ont enduré trois millénaires de catastrophes naturelles et de pièges démographiques. Diamond en fait la référence de la survie pour les sociétés humaines. Il pose ainsi le problème : « Depuis trois mille ans, les habitants de Tikopia doivent, s'ils veulent survivre, produire de façon sûre des réserves de nourriture suffisantes pour 1 200 habitants et prévenir la croissance de la population pour qu'elle ne dépasse pas le niveau de subsistance [1]. »

1. Jared Diamond, *op. cit.*, p. 471.

Tout État doit assurer les besoins alimentaires de sa population. Il le fait de deux façons : par la production et par l'importation. Lorsque les ressources locales sont insuffisantes, ce sont les achats à l'étranger qui compensent. Or cette solution ne peut s'appliquer à Tikopia. Compte tenu des barques disponibles, de l'état de la mer, de l'éloignement des autres îles, il est impossible d'acheminer de la nourriture en quantité. Pour se nourrir, les Tikopiais ne peuvent compter que sur eux-mêmes, sur les produits de leur culture et de leur pêche. Avec une population qui tend spontanément à s'accroître, cette exigence devient un défi très difficile à relever.

À Tikopia, la question alimentaire croise par ailleurs la question météorologique. Les Tikopiais ont toujours été exposés aux cyclones. Ils avaient repéré les cavernes pouvant servir d'abris. Encore fallait-il être en mesure de s'alimenter après les ouragans. Or, les dévastations risquaient de détruire toutes les réserves. Ils ont donc développé des systèmes de fermentation permettant de conserver longtemps les aliments, puis ont creusé des caches capables de résister à la violence déchaînée des ouragans. C'est grâce à ces réserves qu'ils ont pu tenir après Zoe et Lola en attendant l'arrivée des secours.

La nourriture est, de loin, le premier problème de l'île, et les Tikopiais ont dû sans cesse calculer les meilleures stratégies pour s'assurer une alimentation suffisante. Lorsqu'ils y sont parvenus, il y a fort longtemps, leurs ancêtres ont pratiqué la culture après incendie en usage dans ces îles. Mais les rendements de ce système de l'abattis-brûlis, qui a tout de même duré pendant un millénaire, étaient insuffisants et, tout au long des siècles, ils ont mis au point des méthodes d'agriculture intensive beaucoup plus productives.

C'est ainsi qu'au XVIe siècle ils auraient renoncé à l'élevage du porc après avoir calculé que la valeur nutritive de son alimentation était supérieure à celle de la viande produite. Comment savoir si les choses se sont bien passées ainsi ? Peu importe. Le fait est que l'élevage porcin a été abandonné et que la population adhère à cette explication.

Le triple verger

Diamond a d'abord recherché dans la nature les secrets d'une telle réussite. Il a remarqué qu'elle est effectivement favorable, avec des terres fertiles et de l'eau en abondance. Encore faut-il que l'habileté de l'homme tire le meilleur parti de cet environnement. Voilà précisément ce que Diamond a pu constater lors de son séjour à Tikopia.

De l'extérieur, l'île semble recouverte d'une riche forêt primitive, mais, en réalité, ces pousses sauvages cèdent vite la place à un système forestier très subtil, pensé afin d'assurer un maximum de ressources : « La majeure partie de l'île est recouverte par des vergers dont les plus grands arbres sont des espèces endémiques ou introduites qui produisent des noix ou des fruits comestibles comme la noix de coco, l'arbre à pain ou le sagoutier [1]. » Il cite encore nombre d'espèces dans la canopée qui donnent des graines et des fruits, mais aussi des espèces arboricoles moins hautes qui forment un deuxième étage non moins productif pour l'homme. Et, tout naturellement, le sol devient un jardin sylvestre où poussent l'igname, la banane, le taro. « Cet immense verger à plusieurs étages est unique dans le Pacifique, car sa structure imite la forêt pluviale mais ses arbres fournissent tous des produits comestibles, contrairement à presque toutes les forêts pluviales dont la plupart des arbres ne produisent rien de consommable », constate Diamond [2].

Une si parfaite adaptation aux besoins de l'homme ne saurait être spontanée. Ce verger miraculeux est le produit d'un aménagement qui, au fil des siècles, a favorisé les espèces végétales les plus utiles et a organisé leur cohabitation. Pour cela, il a fallu garder une « main verte » attentive sur cette végétation. Cette micro-gestion agricole, qui s'apparente à du jardinage plus qu'à de l'agriculture, assure d'excellents rendements et permet à Tikopia de nourrir une abondante population. Ce chef-d'œuvre agricole n'est pas moins admirable que les réussites de l'agronomie moderne, mais il est d'une tout autre nature.

Rappelons que la France a connu des épisodes de disette, des émeutes contre les « affameurs ». Ce fut

1. *Ibid.*
2. *Ibid.*

notamment le cas dans les années qui précédèrent la Révolution, alors que l'explosion d'un volcan islandais, le Laki, avait projeté sur toute l'Europe un nuage de cendres volcaniques qui perturba le climat et réduisit les récoltes. Mais aujourd'hui, dans un monde développé où ce n'est plus la sous-alimentation mais la suralimentation qui menace la santé d'une grande partie de la population, la famine n'est plus qu'une statistique posée sur des pays lointains. On peine à imaginer que la nourriture ait été pendant des siècles le premier souci des États. Or elle ne le fut pas seulement au niveau de la production. Sa disponibilité fut aussi un enjeu crucial. Car la récolte intervient à un moment précis, alors que le besoin s'étend sur toute l'année. Il ne suffit donc pas de produire des aliments, il faut encore faire en sorte qu'ils se conservent et soient disponibles quand ils doivent être consommés. Une tâche, très délicate, qui ne peut être assurée que collectivement. Il y a trois mille ans déjà les ancêtres des Tikopiais avaient su organiser ce que nous appellerions aujourd'hui un service public du ravitaillement.

LA PERMACULTURE

À Tikopia, la question de la nourriture n'est pas posée et résolue dans les termes réalistes et rationnels de l'agronomie moderne, elle trouve sa réponse dans le cadre de la pensée traditionnelle, chargée de symboles, de statuts, de tabous, de significations, d'échanges, de rituels. Les effets ne découlent pas des causes, les calculs sont perturbés par les esprits, le passé l'emporte sur le présent, le symbole sur la réalité, etc. C'est pourquoi la traduction d'un monde à l'autre entreprise par Raymond Firth dans son fameux *Tikopia Ritual and Belief* est si compliquée. La civilisation tikopienne est de nature holistique. Elle ne sépare pas l'agriculture du droit de la famille, le statut de la terre de l'influence des esprits, la place de chacun du culte des ancêtres. Tout peut interférer à tous les niveaux. Seuls les tabous fixent les frontières infranchissables. Sans ouvrir cette boîte noire, on peut en constater les effets et les attribuer à cet ordre complexe qui instaure l'autorité et la permanence. Ainsi la production agricole se trouve-t-elle encadrée par les plus hautes institutions qui, à leur façon, assurent la sécurité alimentaire.

Pour Tikopia, comme pour la plupart des peuples traditionnels, les « peuples racines » comme l'on dit aujourd'hui, l'agriculture est une chose trop sérieuse pour être abandonnée à des systèmes commerciaux ou précommerciaux. La terre nourricière n'est pas, ne peut pas être un bien comme un autre, une marchandise. Nos ancêtres, Tikopiais ou autres, ne se considéraient pas comme les maîtres tout-puissants de la nature, ils estimaient en faire partie et l'action qu'ils entreprenaient relevait d'un droit d'usage plus que du droit de propriété qui, pour nous, comporte encore, comme pour les Romains, l'*usus* et l'*abusus*. On n'abuse pas de la nature !

À Tikopia, la terre est étroitement liée au système, si complexe, de lignage. Le territoire cultivable est divisé en vergers et en jardins eux-mêmes divisés en parcelles qui reviennent à des groupes de lignage. Les individus ne peuvent, en tant que tels, en être propriétaires. Ils ne peuvent ni les acheter, ni les vendre. Ce qui peut faire l'objet de transactions, c'est l'usage, le droit de cultiver. Le tout sous l'autorité du chef de clan, qui tranche en fonction des droits immémoriaux.

Le paradigme inspirant cette agriculture se retrouve dans la permaculture, née au début des années 1970. Ses pionniers condamnaient le productivisme qui réduit le vivant aux fonctions de production. Ils voulaient, au contraire, coller au plus près des systèmes biologiques, ne tirant parti de la nature que dans le souci d'en préserver la totalité. Pour le présent et pour le futur. Car cette culture se veut stable et durable, à l'image de ces savoir-faire ancestraux qui ont franchi les siècles. Toutes ces notions postagronomiques, qui s'efforcent d'intégrer nos techniques agricoles dans les équilibres de la biosphère, se retrouvent, sous d'autres formes, dans la culture tikopienne.

Les Tikopiais ont donc mené une lutte constante et admirable pour accroître la quantité de nourriture disponible. Mais ce ne fut jamais que la moitié de la solution. Avec des ressources aussi limitées et une densité de 300 habitants au kilomètre carré, comparable à celle des grandes cités, la famine était une menace permanente. L'île en a connu tout au long de son histoire et jusque dans les années 1950. La population de Tikopia est donc fixée par les ressources alimentaires. Si elle augmente trop, alors elle provoque la famine.

La population sous contrôle

La surpopulation se joue ici dans l'urgence, une urgence qui devient absolue lorsqu'il n'existe aucune ressource supplémentaire pour accueillir un surcroît de peuplement. Dans ce monde restreint, la prégnance des faits ne laisse aucune place à la procrastination. Pour les Tikopiais, c'est dans l'immédiat que ces questions de peuplement et de nourriture appellent des réponses.

La Polynésie transmet l'image d'une grande liberté sexuelle. De fait, l'autorité ne s'intéresse guère à la sexualité ; en revanche, elle est intraitable sur la fécondité. La contraception à Tikopia n'a rien à voir avec la nôtre. Elle n'est pas proposée mais imposée, ne suit pas une obligation de moyens mais de résultats. « Chaque année, les chefs des quatre clans prêchent la croissance démographique zéro. Chaque enfant doit pouvoir vivre des terres de sa famille. C'est pourquoi seuls les fils aînés en fondent une », constate Judith Schalansky [1].

On retrouve cette obsession derrière toutes les règles, les tabous, les impératifs qui régissent la vie

1. Judith Schalansky, *op. cit.*, p. 132.

individuelle. Tous les moyens disponibles sont utilisés, du coït interrompu à l'infanticide, du mariage interdit à l'avortement pratiqué en posant des pierres chaudes sur le ventre des femmes enceintes. La brutalité semble parfois incroyable. Les grossesses non autorisées se terminent le plus souvent par des infanticides. Et l'on a vu des célibataires récalcitrants partir en canoé pour des voyages-suicides.

Quels ont été les résultats démographiques de cette politique ? Aujourd'hui, la population, répartie en une vingtaine de villages, est évaluée à 1 200 habitants. Un chiffre qui a beaucoup varié. Pour ne retenir que la période contemporaine, nous retrouvons ces 1 200 personnes en 1920. C'est alors qu'intervient un événement déterminant : la christianisation. En 1923, la moitié de la population se convertit au christianisme anglican, sans pour autant abandonner la culture polynésienne. Les missionnaires, à l'inverse des autorités civiles, s'intéressent à la sexualité et prônent la fécondité. C'est ainsi que les 1 200 Tikopiais de 1920 deviennent 1 750 en 1952. La situation est intenable. Les chefs des clans décident de poursuivre sans retenue la limitation des naissances. Le résultat est spectaculaire. Bien que les 50 % de « païens » se soient à leur tour convertis dans les années 1950, la population redescend à 1 100 habitants en 1980.

L'influence du christianisme n'a pas été moins importante que celle des autorités dans l'évolution de ces courbes. Comment ne pas regretter l'aveuglement idéologique qui la fit s'exercer à contre-courant ? Où en serions-nous si l'Église anglicane de Mélanésie avait pu imposer son point de vue ? Comment peut-on être à ce point aveugle ? D'autant qu'il y a beaucoup à faire pour favoriser les bonnes pratiques et chasser les mauvaises dans le champ de la contraception.

Toutefois, ce jugement ne tient pas compte de toute la réalité. La civilisation polynésienne si sympathique, si chaleureuse quand elle se donne en spectacle est tout sauf une école d'aménité. Elle se plaît à susciter et entretenir des conflits qui se règlent dans la plus grande violence. Sans parler des véritables guerres intertribales, qui ont beaucoup de morts à leur passif. Oui, la société de Tikopia était profondément violente ; à se demander si les meurtres en tous genres n'étaient pas ressentis comme un moyen de réguler la population. De l'avis unanime, l'influence du christianisme a été très heureuse sur ce plan. Les Tikopiais convertis ont appris à régler leurs différends par la discussion, voire par la justice, et non par la violence.

La modernité

Protégée par son isolement, Tikopia a conservé cette joie de vivre propre à la civilisation polynésienne. Une exception car l'on voit partout la tradition régresser face à l'impérialisme culturel occidental. Celui-ci avait été porté par l'esprit missionnaire chrétien et par une sorte de « mission civilisatrice » que nous nous étions inventée. La régression de cet impérialisme aurait dû faciliter la coexistence pacifique de l'ancien et du moderne. Il n'en est rien et la disparition du colonialisme ne suffit pas à rétablir l'équilibre entre les civilisations. Car nous disposons de cet atout irrésistible : la séduction technique. Les jeunes générations, quelles que soient la couleur de peau et la divinité invoquée, sont fascinées par le téléphone portable, véritable sésame de notre univers technique. Or le « progrès » n'est pas neutre. Certes il ne s'agit que d'outils, pas de croyances, mais nos esclaves technologiques sont indissociables de l'idéologie qui permit leur invention. Ils en propagent les comportements et sapent les croyances traditionnelles. La société de consommation relance sans cesse d'une technique à la suivante et l'on passe du téléphone à la moto, de l'hygiène au confort, de la communication au transport, etc. Cela s'appelle la modernité et il ne faut pas moins que l'obscurantisme des amish, des loubavitch ou des talibans pour la refuser.

Les cultures traditionnelles opposent plus ou moins de résistance mais finissent toujours par céder au rouleau compresseur de la civilisation marchande.

Il me revient à l'esprit un séjour que j'ai fait à Tahiti dans les années 1970 pour filmer une explosion thermonucléaire. Le report de l'essai m'avait laissé quelques jours en attente de tournage. J'en ai profité pour découvrir la vie tahitienne, la vraie, pas celle de Papeete. J'ai donc vu ces villages où la vie semblait s'équilibrer dans une sérénité apaisée. Les femmes devisaient, les enfants jouaient, les cochons noirs grognaient, la nature n'était pas seulement belle mais accueillante. Les villageoises faisaient partie de ce paysage à la Bernardin de Saint-Pierre. Elles nous accueillaient avec la plus grande amabilité et chacun semblait à sa place. Il me vint à l'esprit comme une évidence que les hippies, si fort à la mode en ces temps-là, n'avaient rien inventé, que les Polynésiens avaient expérimenté bien avant eux : le bonheur d'un monde de paix, d'amour et de fleurs.

Je fus tout de même surpris par l'absence des hommes. Les femmes me dirent le plus naturellement du monde que les camions venaient les chercher à 6 heures le matin pour aller travailler puisque, grâce aux essais nucléaires, il y avait maintenant du travail et qu'il fallait avoir de bons salaires pour se payer la « modernité ». Le mot, que je n'ai pas oublié, fondait délicieusement dans la bouche de mon interlocutrice qui le déclinait sans se faire prier : les machines à laver, le téléviseur, l'aspirateur, etc. Le soir, cet hymne à la consommation s'était transformé en un carnaval publicitaire dans Papeete avec ses vitrines clinquantes et ses automobiles pétaradantes. La France, avec les meilleures intentions du monde mais ce n'est pas la question, orchestrait la fin de la civilisation polynésienne au moment où celle-ci triomphait dans le mouvement hippie.

Je ne suis pas retourné dans le Pacifique ces dernières années, mais, si j'en crois l'écho des conflits sociaux, les slogans et les revendications, le peuple tahitien a totalement assimilé notre mode de vie et notre grille de valeurs. Nos territoires d'outre-mer n'ont rien à voir avec Tikopia et ressemblent toujours plus aux villes de la métropole. D'une île à l'autre, notre façon de vivre « moderne » est devenue la référence, la revendication. Mais on finit toujours par trouver l'île cachée.

Rapa la résistante

Celle-ci s'appelle Rapa Iti. Elle est en limite des îles Australes, un archipel situé dans la partie la plus méridionale de la Polynésie française. Sans doute n'en avez-vous jamais entendu parler. C'est normal, elle fait tout pour rester ignorée. Dans une Polynésie qui s'occidentalise à grande vitesse, voici l'île de la résistance, celle qui préfère sa culture à la nôtre et entend la préserver contre notre ultramoderne francéité.

Son appellation, tout d'abord. Rapa, comme nous le verrons plus tard, c'est tout simplement le nom de l'île de Pâques. Mais l'île aux statues, c'est la grande Rapa, ce qui donne Rapa Nui. Ici, au contraire, c'est la petite Rapa : Rapa Iti. Nous dirons pour simplifier « Rapa ». De fait, elle n'est pas bien grande avec ses 40 kilomètres carrés et ses 450 habitants.

Rapa, qui se trouve à 1 200 kilomètres de Tahiti, est d'abord très isolée. Aucune île habitée à moins de 500 kilomètres. Elle n'est pas desservie par les airs et ne voit guère qu'un navire par trimestre. Elle vit largement en autosubsistance. Qui plus est, la visite y est très réglementée. Il est encore plus difficile de s'y installer ou d'y travailler sans un accord préalable des autorités, nous verrons lesquelles ; impossible plus encore d'acheter un bien immobilier.

L'île n'est pas conforme au paradis tahitien de carte postale : la plage, les palmiers et l'eau turquoise. Elle se construit autour d'un volcan et, plutôt que des lagons invitant au farniente, elle offre des parcours très verts, très escarpés, avec un climat plutôt frais. La curiosité du lieu est constituée par les *pares*, une dizaine de forteresses abandonnées qui occupent les hauteurs. La population se répartit en une douzaine de clans qui par le passé se livraient une concurrence féroce. Le récit local fait référence à de véritables guerres intertribales, qui éclataient dans les périodes de surpopulation, lorsque l'île atteignait 3 000 habitants. Les *pares* seraient un dernier vestige de ces temps troublés, dont le souvenir est moins douloureux que celui des raids opérés par les esclavagistes péruviens et, surtout, du choc sanitaire provoqué par le contact des Européens, qui aurait décimé 90 % de la population, jusqu'à ce qu'elle ne compte que 120 habitants. Fort heureusement, la paix revenue et le contrôle des naissances maîtrisé ont pu ramener le nombre d'habitants au chiffre moins anxiogène de 450 personnes, réparties entre la ville principale d'Ahurei et le village d'Area. De l'avis unanime, l'île est magnifique, très plaisante à habiter avec une présence de la nature faisant disparaître le sentiment d'isolement. La France, en concurrence avec la Grande-Bretagne, a donc mis son protectorat sur Rapa, puis l'a annexée purement et simplement en 1887, sans se soucier des conséquences pour les populations.

L'ethnologue Christian Ghasarian, grand connaisseur de la Polynésie, a écrit le livre de référence sur Rapa. Il constate l'incompatibilité de notre droit et des coutumes locales. « L'imposition et l'application du Code civil vont bouleverser le droit coutumier indigène. […] la société Rapa va s'engager peu à peu dans un processus d'acculturation administrative mais […] cela ne l'a jamais empêchée de conserver une large autonomie locale [1]. » Voilà l'exemple d'une expérience multiculturelle réussie entre la République française et une population traditionnelle qui a pu conserver son mode de vie ancestral sur son île tout en devenant française et profitant de certaines commodités de la vie moderne.

Car Rapa est française, elle appartient donc à notre République unitaire, c'est-à-dire qu'elle devrait en appliquer les valeurs et l'organisation. Mais elle constitue précisément l'exception qui confirme le

1. Christian Ghasarian, *Rapa : Île du bout du monde, île dans le monde*, Paris, Éditions Demopolis, 2014, p. 47-64.

principe. Ici règne la coutume polynésienne qui tord le bras à la loi de la République. La vie est essentiellement communautaire, fondée sur le partage et l'échange, fort peu sur la monnaie et l'achat. Il y a bien un maire et un gendarme qui, à demeure, regardent la vie de la communauté. Ils observent, mais ils n'interviennent guère.

Tout se joue au départ sur la terre. Pour le monde moderne, un terrain c'est un bien, une marchandise en quelque sorte. Un champ vaut tant, il appartient à celui qui en paye le prix et qui pourra en faire ce qu'il veut dans le cadre de la réglementation en vigueur. Pour Christian Ghasarian : « La question foncière est au cœur du système politique Rapa [...]. La gestion des terres reflète et définit en même temps l'organisation sociale du vivre ensemble dans l'espace insulaire. » De fait, l'île vit sans cadastre. Cela ne peut choquer dans un monde où l'on admet que « la terre n'appartient à personne, et en même temps elle appartient à tout le monde ». L'ethnologue explique ainsi cette contradiction : « La terre n'y est pas divisée entre des propriétaires exclusifs, ni achetée ni vendue ; elle est seulement associée à des groupes de descendance cognatiques, les *köpü*, qui portent le nom de l'ancêtre fondateur. » Les droits fonciers interfèrent sans cesse avec la généalogie, plus ou moins légendaire. Le Rapa vit ancré dans sa terre ancestrale. Le maire de l'île, Tuanainai Narii, veut voir dans ce refus cadastral « le fondement de notre société » [1].

1. *Ibid.*, p. 191-242.

Cette différence entre la propriété privée française et la propriété familiale Rapa se concrétise dans un mot : « indivision ». Dans notre système, il s'agit d'une anomalie et, dans l'enseignement du droit, elle est constamment associée au verbe « sortir ». Il faut sortir de l'indivision et revenir à la bienheureuse propriété privée. Dans le système Rapa, rien n'est plus normal que de vivre dans l'indivision. En Polynésie, et tout d'abord à Rapa, près de 80 % des terres, en dehors des villes, demeurent en indivision. S'il n'y a pas d'héritiers directs pour reprendre une terre, celle-ci revient à la communauté. Christian Ghasarian note que ce fait « va à l'encontre du Code civil français », lequel, appliqué strictement, serait une source permanente de conflits.

Il n'est donc pas question de s'acheter une maison à Rapa. Pas question non plus de s'y installer. Ici on ne s'impose pas. Pour venir dans ce monde si communautaire, ne serait-ce que le temps des vacances, il faut s'annoncer, obtenir une autorisation. Et celles-ci ne se donnent qu'au compte-goutte. Les Rapas veulent d'abord rester entre eux, se partager cette copropriété qu'est leur façon de vivre et qu'incarne « leur île ». Ils savent que la France est toute différente et entendent garder leurs distances pour protéger leur spécificité de toute contagion. Entre les deux, l'administration s'efforce de trouver des adaptateurs. Elle y parvient en utilisant les notions d'indivision, mais aussi d'associations, de copropriété, de coopérative, pour écarter cette réglementation individualiste dont nous ne percevons plus le caractère agressif pour ceux qui n'en maîtrisent pas les prolégomènes. Les Rapas sont parfaitement conscients que la France est porteuse d'un projet contraire au leur et qui les submergerait s'ils s'ouvraient trop à l'extérieur et, en tout premier lieu, au tourisme.

La France du bout du monde

La question s'est posée très concrètement à propos de l'aéroport. L'administration voulait le construire, le maire était d'accord, ce qui semblait bien nécessaire puisque l'île habitée la plus proche est tout de même à trente heures de bateau. Pourtant le conseil des Sages, le Tohitu, n'en a pas voulu et sa volonté s'est imposée. Voilà une institution qui n'a pas sa place dans le Code civil. C'est tout au plus une association, mais qui tient un rôle essentiel. Le conseil rassemble une douzaine de personnages représentant les clans qui divisent et rassemblent la société. Cette assemblée, sans aucun pouvoir institutionnel, concentre toute l'autorité morale. Dès lors qu'elle prenait position contre le projet aéroportuaire, celui-ci était condamné.

Pour nous, le refus de l'aéroport, c'est le refus du tourisme. Nous comprenons fort bien que les Rapas redoutent cette espèce envahissante et préfèrent rester entre eux. Mais l'avion rend bien d'autres services, notamment sur le plan sanitaire. Aujourd'hui il n'existe pas d'hôpital à Rapa et même pas un médecin, juste une infirmière. Lorsque celle-ci estime une évacuation médicale nécessaire, elle doit faire venir une équipe médicale de Tahiti en hélicoptère, quand on en trouve un, qui puisse faire le plein en route pour couvrir les 1 300 kilomètres. Cela prend une quinzaine d'heures et l'on sait comme le délai peut être crucial dans certaines urgences. Un vol direct sauverait des vies. Il n'empêche, Rapa ne veut pas d'aérodrome. Rapa est donc protégée par des gardiens de la tradition qui refusent de céder à l'uniformisme administratif de la France et défendent jalousement leur spécificité.

Dans ce monde collectif, il n'est pas nécessaire que chaque chose ait un propriétaire. Ainsi des animaux par exemple. Un millier de taureaux, de bœufs, de vaches, de chèvres, de cochons sauvages se promènent en liberté dans la nature. À l'état sauvage. Parfois, on décide d'en sacrifier un dont on se partage ensuite la carcasse… et qu'on dégustera sans doute tous ensemble lors d'un banquet.

Les produits d'importation sont comme de besoin mais pas plus. La nourriture est d'abord et avant tout une production locale. Ce qui évite le régime alimentaire « à l'occidentale » de Tahiti, dont les effets sont absolument désastreux. Car, dans la mentalité polynésienne forgée au temps de la nourriture rare : « Plus on mange et mieux on se porte. » L'exact contraire de la diététique moderne. Avec les effets que l'on imagine sur la population. Les Rapas, eux, ne sombrent pas dans l'obésité et le diabète.

La vie ne se conçoit que dans l'entraide, l'échange. On ne laisse jamais une famille dans le besoin. On retrouve ici la solidarité dans l'égalité qui apporte ce très fort sentiment de sécurité et d'attachement que nous avons observé à Tristan da Cunha. Dieu sait que les deux îles peuvent être dissemblables… sauf sur deux points : elles sont petites et elles sont isolées. Et ces contraintes géographiques ont conduit ces deux communautés à privilégier le collectif, à ignorer l'individuel. Quand on est si peu nombreux, sur un territoire aussi petit, l'individualisme est un luxe qu'on ne peut pas s'offrir. Nous retrouvons ce communisme insulaire qui prend des formes différentes dans des environnements aussi dissemblables que les quarantièmes rugissants et la douceur polynésienne, mais qui répond toujours par une organisation sociale aux dangers de la vie à petites dimensions. Ce communisme insulaire a signé de belles réussites alors que le communisme idéologique a accumulé tant d'échecs qu'il a fini par disparaître. La raison d'un tel décalage est évidente, c'est une des grandes leçons des îles perdues.

Le communisme, en tant qu'idéologie, est né des analyses théoriques de Karl Marx puis des mises en œuvre pragmatiques par Lénine et Staline. La réalité devait se plier à un système de croyances. Partout et toujours le même. Rien de tel avec le communisme insulaire. Personne ne l'a théorisé. Il s'est imposé comme la réponse évidente à des contraintes que des hommes ne pouvaient affronter en restant isolés, que la mise en concurrence ne pouvait surmonter. La vérité n'était pas dans *Le Capital*, elle était dans cette nanoplanète qui n'offrait pas aux hommes la sécurité des grandes dimensions.

L'insularité microscopique est communiste ou n'est pas. En adoptant cette solidarité inconditionnelle, elle crée un attachement à la collectivité qui n'a pas besoin d'un pouvoir tout-puissant. L'appartenance est dictée par l'île, pas par un parti, et ne promet rien. C'est pourquoi elle survit à tous les avatars de la vie commune. Au contraire, le communisme idéologique n'a jamais été qu'un choix politique au service d'une oligarchie, c'est pourquoi il n'a pu tenir ses promesses.

Voilà encore une leçon de ce monde lilliputien : pour tenter l'aventure du communisme, il faut d'abord jeter aux orties Karl Marx, Lénine, Trotsky et tous ceux qui ont prétendu imposer leurs schémas théoriques à la réalité.

Ce communisme insulaire, parce qu'il naît de l'environnement, en épouse aussi la diversité. Dans l'Atlantique, il passe à travers la chaleur des échanges, dans le Pacifique, il peut s'exprimer par la fête, la danse, la musique qui font partie du mode de vie polynésien et peuvent jaillir à tout moment sans être comme chez nous appelés par le calendrier. À l'improviste !

Les Rapas vivent largement dans la nature et en prennent le plus grand soin. Ils limitent rigoureusement la pêche pour laisser aux espèces le temps de se reproduire. Mais, lorsqu'elle est autorisée, c'est tous ensemble qu'ils se font pêcheurs et, au retour, le quai devient un étal de poissonnier mis à la disposition de toutes les familles qui viennent se servir. Il en va de même pour la cueillette des fruits et, à l'inverse, pour la gestion des déchets. Chez nous, l'espace public est une *res nullius* dont on se soucie peu, chez eux, c'est la *res omnis* qui appartient à tout le monde et dont tout le monde doit prendre soin. Là encore, le fait de vivre sur de très petits espaces met chacun face à ses rejets, alors que nous nous efforçons, hélas avec succès, d'ignorer nos pollutions.

Le bonheur intérieur brut

« Partager sans jamais rien posséder semble être le leitmotiv de cet endroit hors du temps, aux antipodes de nos sociétés modernes marquées par le consumérisme », conclut Nadjet Cherigui au terme de l'un des très rares reportages effectués dans cette France du bout du monde [1]. Il est bien difficile de résister à l'envoûtement de cette île préservée. Le charme des récits et des photos suffit à nous emmener dans un monde simple, à portée d'hommes, qui préfère au divertissement qu'entretient notre environnement robotique un monde dans lequel « la vie a un sens ». Tout simplement. Comment ne pas

1. Nadjet Cherigui, « Sur l'île de Rapa Iti, avec les Français du bout du monde », *Le Figaro*, 24 mai 2019.

s'interroger : les Rapas sont-ils heureux ? Question d'autant plus naturelle que les peuples traditionnels trouvent rarement le bonheur dans les réserves mises à leur disposition.

Un jeune sociologue et anthropologue français, Christophe Serra-Mallol, a entrepris de répondre à cette question. Il en a fait un thème de recherche et un sujet de thèse en utilisant toute la méthodologie de sa discipline. Car la science a récupéré le bonheur. Un travail remarquable a été fait pour l'étudier, pour le mesurer. Il a été saisi sous des angles très variés : bien-être matériel, bien-être spirituel, données objectives, états subjectifs, état sanitaire, satisfaction, plaisir, échanges, etc. Des procédures ont été élaborées pour obtenir des observations fiables et comparables, des précautions ont été définies pour épurer les données, ne retenir que ce que l'on cherche. C'est en s'appuyant sur de tels travaux que des chercheurs ont pu faire émerger la notion de « bonheur intérieur brut ».

Muni de tout ce bagage intellectuel, Christophe Serra-Mallol s'est immergé pendant six mois dans la communauté de Rapa. Au terme de ce séjour, il a dû constater que les Rapas doivent être parmi les hommes les plus heureux au monde. Lui-même le reconnaît : « J'ai été heureux de voir ces gens heureux [1]. »

---

1. Florence O'Kelly, « Les habitants de Rapa sont les plus heureux au monde, selon le sociologue C. Serra-Mallol », *Tahiti Infos*, 28 mars 2011.

Un constat qui tranche sur l'incapacité du monde développé à faire une place, une place heureuse s'entend, au monde traditionnel. Le modèle Rapa constitue une exception au sein d'une Polynésie plus attirée par le modèle Tahiti. Contrairement à tant d'expériences ratées, ces compatriotes ne se sont pas reniés en découvrant le monde moderne, ils ont conservé l'attachement à leur île et à leur culture. Le monde ancestral n'est pas pour eux une source de déclassement ; mais au contraire, d'enrichissement. Un résultat qui tient beaucoup à l'intelligence de l'administration qui, plutôt que d'imposer notre Code civil, laisse le droit coutumier régenter la vie à Rapa.

Mais combien de temps pourra-t-on maintenir cet équilibre biculturel ? Voltaire dans la main et un collier de fleurs autour du cou. L'expérience montre que ces mariages sont très incertains.

Le mélange des cultures n'est pas un choix, il se produit inévitablement. Comment imaginer que modernes et « tradis » puissent vivre chacun de leur côté ? Qu'ils n'aient pas tous également accès à la médecine ? Que la jeunesse soit tenue à l'écart de ce monde numérique qui la fait rêver ? Cet apartheid culturel n'est ni souhaitable, ni réalisable. C'est la coexistence qu'il faut faire vivre. Les jeunes générations doivent acquérir notre culture sans perdre la leur. Ce n'est pas une recette à appliquer mais un défi à relever.

La solution de Rapa a le mérite d'exister. Les enfants trouvent sur place leur école mais, pour le lycée, ils vont en internat et s'en portent bien. Et les professeurs leur donnent les bases de notre culture. C'est assurément la meilleure solution dès l'instant que « leur île » conserve son authenticité comme incarnation des valeurs ancestrales.

Partout dans les « réserves » visant à « protéger » les autochtones, on trouve des populations déchues, déclassées, désorientées, déboussolées. Le résultat n'est pas meilleur lorsqu'elles sont accueillies dans les villes. Elles finissent le plus souvent dans un état de semi-clochardisation dont les services sociaux ne peuvent les sortir. Face à de tels échecs, Rapa est une indiscutable réussite. Reste la grande question : celle de l'avenir. Rien n'est assuré, mais c'est déjà un grand succès de voir ce mariage heureux de la tradition et de la modernité. C'est une grande chance, en ce domaine, de pouvoir souhaiter que le présent se prolonge dans l'avenir.

Troisième escale

NAURU

La misère de l'opulence

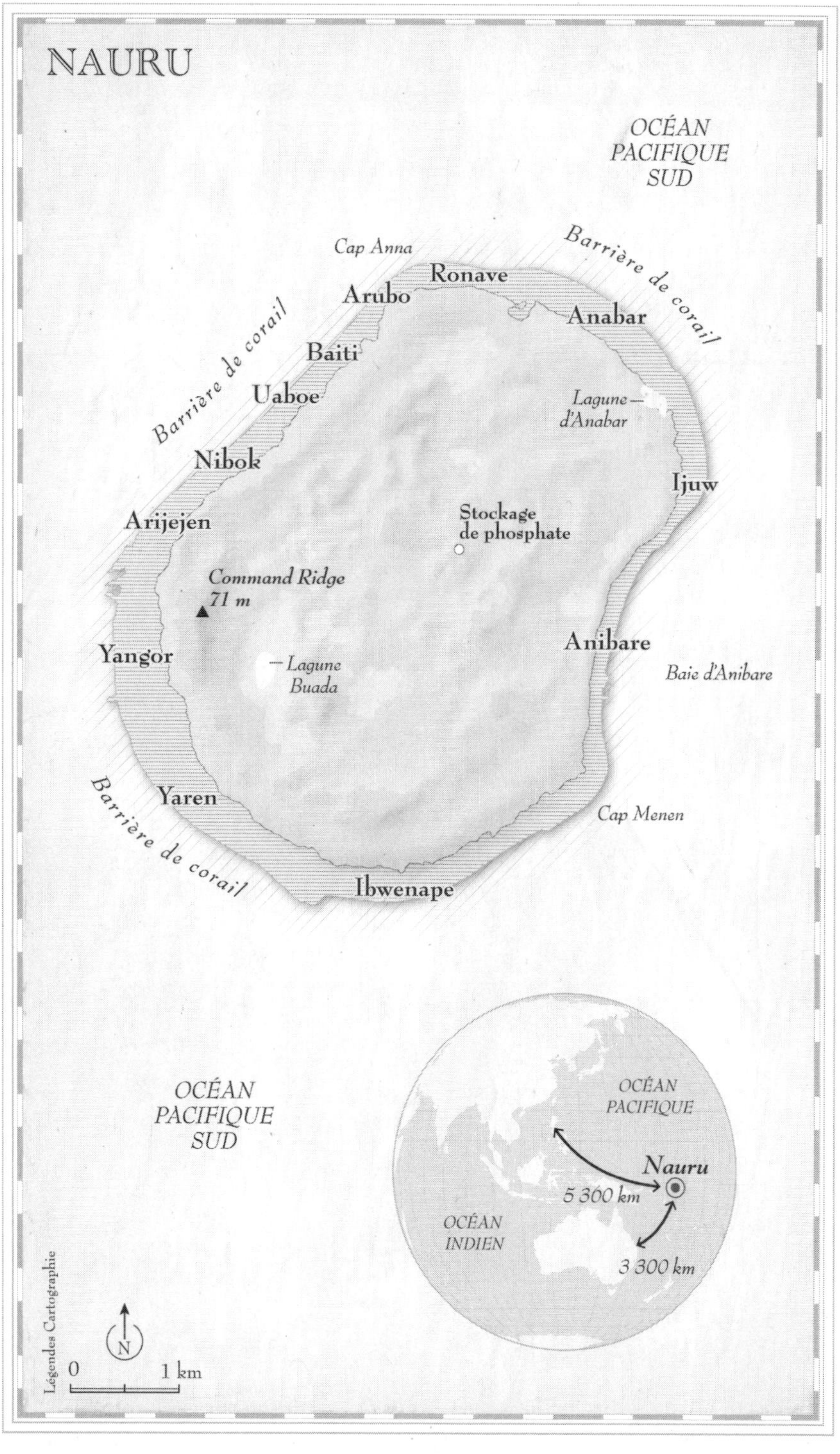
NAURU
OCÉAN PACIFIQUE SUD
Cap Anna
Barrière de corail
Ronave
Arubo
Anabar
Baiti
Uaboe
Lagune d'Anabar
Nibok
Ijuw
Arijejen
Stockage de phosphate
Command Ridge 71 m
Anibare
Yangor
Lagune Buada
Baie d'Anibare
Yaren
Cap Menen
Ibwenape
OCÉAN PACIFIQUE
Nauru
5 300 km
OCÉAN INDIEN
3 300 km
N
0
1 km
Légendes Cartographie

Parce que la Terre est immense, parce qu'elle semble inépuisable, nous nous sommes installés dans l'euphorie d'une croissance sans limites. L'économie nous y invite en ne comptant pour rien les prélèvements et les rejets qui accompagnent la production. Ce sont des « déséconomies externes » que l'on oublie. Sur cet escamotage s'est créée l'illusion d'un progrès sans fin. Nos crises économiques ne peuvent être que des accidents conjoncturels sur la route de la croissance. Du chômage par-ci, une récession par-là. Désagréable mais pas dramatique. L'économie n'est pas un long fleuve tranquille, elle connaît les crues, la sécheresse, les tourbillons et les cascades, mais elle suit toujours le même cours jusqu'à la mer.

Pourtant, des voix se sont fait entendre dès les années 1960 pour dire qu'une planète finie ne peut supporter une croissance infinie, que le toujours plus de consommation nous conduisait à la ruine. Ces Cassandre n'ont pas empêché la société industrielle de poursuivre sa croissance, le chœur des écologistes a même été récupéré et leur discours ponctué de « durable », de « renouvelable » donne à croire que nous avons trouvé la voie de la sagesse. Nous ne faisons qu'éviter les questions sans réponses qui débouchent sur un futur sans avenir.

Des questions jaillissent parfois dans les médias. Et si l'eau douce venait à manquer ? Si le BTP ne trouvait plus le sable dont il a besoin, l'agriculture la terre arable qui lui est indispensable et l'industrie le métal dont elle ne peut se passer ? Pourrions-nous réapprendre à vivre après avoir tout perdu ?

Sur une planète globalisée, ces questions sont rejetées dans la fantasmagorie. Les lendemains de grandes catastrophes sont devenus un classique de la science-fiction. Le résultat est assez effrayant mais l'improbabilité de la cause limite notre angoisse. À l'évidence, ce n'est pas « pour de vrai », rien que des histoires pour se faire peur. Nous n'allons pas basculer de la prospérité actuelle à la désolation d'un monde sans ressources. En temps de paix, les pays développés ne font pas le saut de la misère à l'abondance, tout juste de la croissance à la récession.

Ne pourrait-on observer ces transitions de façon plus saisissante avec notre observatoire de la petite dimension ? Un changement de civilisation ne peut-il se produire beaucoup plus rapidement avec quelques milliers d'individus et quelques dizaines de kilomètres carrés ? Voilà précisément ce que nous allons découvrir à notre prochaine escale, celle de Nauru.

Nauru

Le plus petit pays

Cette île du Pacifique se trouve à 1 300 kilomètres des îles Salomon et de Tikopia, à 300 kilomètres de toute terre habitée et 3 000 kilomètres de l'Australie. C'est dire qu'elle est peu fréquentée, mais tout de même pas isolée à l'égal de Tristan da Cunha. Elle réussit, avec 21 kilomètres carrés de superficie pour 10 000 habitants, à être le plus petit pays du monde, si vous voulez bien ne pas considérer comme des États ces singularités que sont le Vatican, Monaco, Saint-Marin, Andorre et autres curiosités historiques. Nauru est un État souverain, riche de son passé, pauvre de son avenir.

À la différence des îles centrées sur un volcan qui culmine à des centaines voire des milliers de mètres, l'île de Nauru est essentiellement plate avec tout autour une plaine côtière très habitable et un plateau central fort peu hospitalier. Notons un détail de grande importance pour les habitants : il n'y a pratiquement pas de cours d'eau, rivière ou ruisseau, et l'on vit essentiellement sur l'eau de pluie.

L'île est peuplée depuis longtemps et se trouve divisée en une douzaine de clans, mais elle n'a été repérée par les Européens qu'en 1798. Un premier contact en passant. Le *Snow Hunter*, navire britannique, découvre l'île sur son chemin alors qu'il fait route vers la Chine. Son capitaine, John Fearn, ne s'arrête pas, mais il note que l'endroit est verdoyant, que les aborigènes semblent accueillants. Il nomme la nouvelle île « Pleasant Island ». Le surnom restera ; pour l'humeur, c'est à voir. L'île se trouve en limite de surpopulation. De grandes tensions existent entre les douze tribus qui doivent se partager un territoire insuffisant.

Les premiers Européens qui débarquent au cours du XIXe siècle ne sont pas des missionnaires mais des aventuriers, et bien souvent des criminels en fuite. Ils viennent avec des fusils que n'avaient pas les aborigènes et s'imposent comme chasseurs de plage en faisant régner la brutalité, sinon la terreur.

Par la suite, les Européens de Nauru gagnent leur vie en faisant le trafic des armes, de l'alcool, en rançonnant la population. Ils assurent aussi un service portuaire aux baleiniers qui viennent faire relâche pour s'approvisionner en eau et en nourriture fraîche. Sur le plan culturel, Nauru est l'anti-Tikopia, la population parle un anglais créolisé, perd ses traditions et s'efforce de copier la façon de vivre occidentale. Dans ce qu'elle a de pire. Au XIXe siècle, l'alcool, le tabac et les armes sont omniprésents. C'est ainsi qu'un chef de clan trouve la mort dans une rixe de beuverie. Les procédures traditionnelles pour résoudre ce genre de conflit ne pouvant plus fonctionner, l'affaire s'envenime. Vengeance et représailles, la violence s'étend et, partant d'une querelle d'ivrognes, prend la dimension d'une véritable guerre civile des plus meurtrières. Le nombre des morts est évalué à 3 000, soit le tiers de la population.

Au cours du XIXe siècle, l'île passe sous domination allemande et sous influence chrétienne. Cette influence germano-chrétienne sera essentielle pour ramener la paix entre Nauruans.

Lors de la Première Guerre mondiale, l'île est occupée par les Australiens qui en chassent les Allemands. La paix revenue, elle est placée sous mandat de la Société des Nations et confiée à l'Australie, la Grande-Bretagne et la Nouvelle-Zélande. Lors de la Seconde Guerre mondiale, en 1942, les Japonais chassent les Américains qui étaient venus y prendre position et déportent les deux tiers des habitants vers les bases nipponnes des îles Carolines. Cinq cents y trouveront la mort.

Après la guerre, Nauru devient un territoire sous tutelle de l'ONU, administré par l'Australie. En 1968, l'île accède à l'indépendance. Entre-temps est apparu un nouveau venu qui va tout changer : le phosphate.

Le meilleur phosphate

La vie a besoin d'azote, de phosphore, de potassium et, le plus souvent, n'en trouve pas suffisamment au bout de ses racines. Mais l'homme sait suppléer à cette défaillance en apportant des matières qui fournissent ces éléments et favorisent la croissance des plantes : des engrais. L'agriculture moderne ne peut plus se passer de nitrates, de phosphates et de potasse. Encore faut-il les trouver dans la nature.

Les phosphates sont particulièrement recherchés et donnent lieu à une agrochimie très complexe. Il en existe de nombreuses variétés qui n'ont pas toutes le même intérêt comme engrais. Un critère essentiel est la teneur en phosphore, mais pas seulement. Ces matières absorbent quantité de substances favorables à la végétation… notamment sous forme de fiente animale. Le meilleur phosphate a recueilli pendant des millénaires, dans les cavernes ou sur les îles, les déjections animales qui ont formé le guano. Retenez donc que le meilleur phosphate est associé au guano, c'est-à-dire à l'entassement des excréments d'oiseaux ou d'autres animaux pendant des millénaires, qu'il est très recherché et rapporte beaucoup d'argent. Imaginez maintenant que, tout au long de son histoire, le plateau de Nauru s'est offert à tous les oiseaux marins comme le « lieu » idéal pour déposer leurs déjections. Cette fonction peu glorieuse trouve sa rétribution sur le marché des engrais. Plus il y a de guano, plus le phosphate rapporte.

L'île ne présentait pas grand intérêt aux yeux des Européens et aurait végété dans l'insouciance polynésienne s'il ne s'était pas trouvé une pierre, rien qu'un caillou, pour changer son destin. C'est en 1899 qu'un géologue, Albert Ellis, a l'occasion d'examiner, sans même en connaître la provenance, la pierre qui cale la porte de son bureau. Pas de doute, il s'agit d'un phosphate, et des plus recherchés. Le géologue apprend que la pierre vient de Nauru. Il s'y rend et découvre que tout le plateau est ainsi recouvert d'un excellent phosphate de chaux, le guano. Un gisement incroyable qui vaut de l'or. En effet, les agriculteurs australiens et néo-zélandais doivent acheter au plus loin et au plus cher des engrais de médiocre qualité. Ils trouvent là, à portée de main, le meilleur phosphate qu'ils entendent bien se procurer à un prix défiant toute concurrence. En 1905, la Pacific Islands Company, société britannique installée en Australie, devient la Pacific Phosphate Company, et l'exploitation du gisement commence l'année suivante. Les Nauruans voient partir leur phosphate et ne touchent en contrepartie qu'une redevance ridicule.

De la population nauruane en cours d'occidentalisation émerge une élite cultivée qui dénonce cette exploitation coloniale et se bat pour l'indépendance : « Nauru aux Nauruans ». Une campagne d'autant plus efficace qu'à l'échelle mondiale, l'industrie du phosphate se développe rapidement. Nauru détient une carte maîtresse, encore lui faut-il la personnalité politique pour la jouer.

En 1962, le Premier ministre australien, Robert Menzies, propose aux Nauruans de quitter leur île et de venir s'établir sur l'île Curtis, dans le Queensland. Une proposition qui convient à l'Australie, soucieuse de peupler cette région, mais qui rebute les Nauruans car l'Australie a commencé ce peuplement en transportant de force des Mélanésiens pour les faire vivre dans des conditions difficiles. Plutôt qu'abandonner leur île et son trésor, les autochtones s'accrochent à l'idée d'indépendance, qu'ils finissent par obtenir en 1968. À cette époque, 35 millions de tonnes de phosphate ont déjà été exportées, mais le peuple nauruan n'en a guère profité.

LES RENTIERS DU PHOSPHATE

L'élite politique qui prend le pouvoir commence par nationaliser l'industrie du phosphate et ses bénéfices colossaux. Le nouvel État ayant pris la forme d'une République, le président Hammer DeRoburt entend mettre en place un système « collectiviste » qui redistribuera l'argent du phosphate afin que tout Nauruan soit assuré par l'État d'une aisance matérielle. C'est la fin de la pauvreté, l'utopie de la « société d'abondance » enfin réalisée... pour ceux qui ont la nationalité nauruane s'entend.

Cette population, qui s'est déjà détournée de ses valeurs traditionnelles et s'est rapprochée du modèle occidental, va vivre une aventure exceptionnelle, sinon unique, dans l'histoire de l'humanité. Bien des peuples ont vécu des périodes de grands changements. L'économie se transforme, le niveau de vie s'élève, le système politique est bouleversé, la culture connaît des mutations, etc. Oui, tout cela est arrivé. Mais ce n'est rien à côté de ce que vécurent les Nauruans dans les années 1970.

À la veille de cette métamorphose, ils menaient la vie traditionnelle des Polynésiens, ce que l'on traduirait dans le système occidental par : ils vivaient dans la plus extrême pauvreté. Étaient-ils heureux ou malheureux ? C'est une autre affaire. Ils n'avaient accès à aucune des satisfactions, aucun des plaisirs que peut apporter le monde moderne. Ni confort, ni automobile, ni télévision, ni nourriture diversifiée, ni voyages d'agrément, ni découverte culturelle, ni ces choix multiples que permet l'argent. Ils devaient pêcher et cultiver pour se nourrir ; quant aux distractions, elles étaient aussi prévisibles que répétitives.

Or leur vie et leur monde vont se transformer du tout au tout en l'espace de quelques années. Dès le milieu des années 1970, leur niveau de vie devient le plus élevé au monde, hormis celui des Saoudiens, premiers bénéficiaires du choc pétrolier. Une telle transformation ne relève pas de l'économie avec ses phases de croissance et de récession, ses destructions-créations schumpétériennes, elle ne se rencontre que dans les récits légendaires où les fées changent le monde d'un coup de baguette magique. Pourtant, c'est bien une mutation quasi instantanée que vont vivre le pays et ses habitants.

Tout cela suppose l'ouverture de nombreux chantiers et appelle beaucoup de travailleurs. Manque de chance, les Nauruans ont résolument perdu le goût du travail. L'argent du phosphate n'a pas fait d'eux des entrepreneurs mais des rentiers. Une ressource nouvelle peut stimuler ou, au contraire, paralyser l'économie selon que la nouveauté est une opportunité ou une rente. Par exemple, l'eau en Islande. Elle existe en abondance dans l'île boréale, eau froide qui apporte la force et peut produire du courant électrique, eau chaude souterraine qui apporte la chaleur pour toutes sortes d'usages. C'est une source de richesse, mais elle ne permet pas aux Islandais de se poser en rentiers et de s'enrichir en vendant leur eau au monde entier. Elle ne leur offre qu'une opportunité. Il leur a fallu beaucoup d'efforts pour maîtriser l'hydroélectricité et la géothermie. Moyennant quoi l'économie islandaise s'impose par sa créativité. À l'inverse, les nouveaux prix du baril imposés par les chocs pétroliers ont transformé du matin au soir des émirats moyenâgeux en pays de cocagne. Les pétrodollars reçus dans ces conditions n'ont pas financé un véritable développement économique. De fait, les membres de l'OPEP ne figurent pas dans les nouvelles puissances économiques : Europe, Corée, Japon, Chine, etc. Rente ou capital, l'argent n'est pas le même et n'a pas les mêmes effets.

Le délire consommationniste

Avec leur phosphate, les Nauruans se retrouvent dans la situation des émirs gavés par le pétrole, à l'opposé des Islandais avec l'eau. Ils n'ont rien à faire, rien à inventer, seulement à acheter et consommer. Dès 1974, l'exploitation du phosphate rapporte 225 millions de dollars australiens qui, redistribués à la population, donnent un PIB par habitant trois fois supérieur à celui des États-Unis. Du jour au lendemain, Nauru bascule de la sobriété forcée à l'hyperconsommation. La société n'a même plus cette force culturelle qui permet de se réapproprier les événements. Elle troque sa culture polynésienne si riche pour l'inculture de l'hyperconsommation.

Les Nauruans se contentent de regarder sur le plateau central les travailleurs étrangers, chinois, philippins ou indiens, s'échiner à extraire le phosphate. Un métier très dur car il laisse partout des sortes de pieux en calcaire tranchants et dangereux. Les insulaires peuvent se dispenser de ce travail et, tant qu'à ne pas faire, oublient aussi l'agriculture et la pêche traditionnelles. Ils assistent à l'édification d'un pays qui leur offre ses services sans nul effort. Nauru se développe sur la rente, passivement, et devient un émirat phosphateux.

Les habitants reçoivent d'autant plus d'argent que, sur le marché mondial du phosphate, la demande et les prix s'envolent. Le pays se couvre d'équipements luxueux, d'hôtels, d'hôpitaux, d'autoroutes et même d'un aéroport. Comme le souhaitait le chef de l'État, les citoyens peuvent tout se payer. Tous les foyers disposent de plusieurs téléviseurs sur lesquels défilent en permanence des cassettes vidéo. Les maisons regorgent de tout le confort moderne. Pire que tout, les Nauruans adoptent la nourriture occidentale qui arrive par avions-cargos. Trop grasse, trop sucrée. Ils se mettent à grossir.

À l'époque, j'avais été surpris par quelques articles dans la presse étrangère faisant allusion à la « révolution de Nauru » et j'y avais vu un excellent sujet de reportage pour le magazine économique télévisé *L'Enjeu*. J'ai donc envoyé le réalisateur Jean-François Delassus filmer ce paradis de la consommation. Le résultat fut effarant. La population était infantilisée, soumise à toutes les addictions et à tous les travers de notre mode de vie. Les Nauruans ne travaillaient plus, ils se contentaient de regarder et de profiter.

Je me souviens de ces rodéos de Harley-Davidson tournant autour de l'île, de ces voitures abandonnées car trop pénibles à réparer, de ces enfants perdus dans les jouets et les jeux, de ces gens qui s'empiffraient à toute heure, qui se gorgeaient de Coca-Cola. Il ne restait manifestement rien de la culture polynésienne. Conformément à l'utopie du père de l'indépendance, l'État offrait l'enseignement et la santé, gratuitement cela va de soi, sans prélever le moindre impôt sur le revenu. Il payait tout, même les femmes de ménage !

La monnaie finit par perdre sa valeur comptable. Des consommateurs, après avoir acheté une babiole, laissaient un billet de cent dollars sans prendre la monnaie. Une prospérité délirante dont, bien sûr, les travailleurs étrangers qui faisaient tourner le système ne bénéficiaient pas. Dans cette République, l'argent de la rente n'était pas accaparé par une famille régnante ou une caste au pouvoir, il devait être redistribué au peuple, mais il filait aussi dans tous les réseaux du gaspillage et de la corruption. C'est ainsi que l'on construisit un golf des plus chics et des moins utilisés, qu'on importa de puissantes voitures de sport sur une île n'ayant aucune route droite, que l'on acheta des bateaux de croisière et des hôtels à l'étranger.

Ce gisement à ciel ouvert ne cachait pas son jeu. Il était évident qu'il finirait par s'épuiser. À vue de nez, les Nauruans avaient une trentaine d'années d'exploitation devant eux. Au XXIe siècle, ce serait fini. Tout le monde pouvait le voir, tout le monde le savait.

Les responsables de la petite République devaient donc prévoir l'« après-phosphate ». Ils se lancèrent dans des investissements – notamment la construction de la plus haute tour de Melbourne – qui, le moment venu, devraient prendre le relais pour assurer le niveau de vie de la population. Ils multiplièrent les placements hasardeux, mais qui rapportent gros aux intermédiaires. On est loin de la rigueur des Norvégiens qui ont constitué avec l'argent du pétrole un fonds souverain faisant autorité sur le marché financier et qui assurera le paiement des retraites quand les gisements de la mer du Nord seront à sec.

À Nauru, au contraire, tout a été fait n'importe comment. Les « bienheureux du phosphate » ont créé leur propre compagnie aérienne : Air Nauru, avec sept avions, et construit un aéroport international. En dépit de tout bon sens. Les dirigeants ont multiplié les vols particuliers avec des sièges vides. Ici pour aller faire un golf aux Bahamas, là pour rencontrer « un personnage important » aux États-Unis ou assister à un match de football. La compagnie aérienne, qui ne répond à aucun vrai besoin, devra être mise en faillite après avoir coûté fort cher. Il en va de même pour les autres investissements : hôtels de luxe ou bateaux de croisière. Bref, les Nauruans ont cru se donner un château pour leurs vieux jours alors qu'ils creusaient un précipice.

Les damnés de l'opulence

La production de phosphate diminue comme prévu dans les années 1990. Elle passe de 1,6 million de tonnes en 1986 à 160 000 en 2002, et continue à décliner : plus que 8 000 tonnes en 2005. Les compagnies minières s'en vont en laissant derrière elles un champ de dévastation. Le sol a été fouillé, exploité et reste en l'état avec ces pitons menaçants pour qui s'y frotte. Il ressemble à un champ de bataille après la guerre. En 1921, la photographe Rosamond Dobson Rhone du *National Geographic Magazine* décrivait ainsi ces exploitations de guano : « Un champ de phosphate épuisé est une étendue de terre lugubre et horrible avec ses milliers de pinacles de cora de dix à trente pieds de haut, ses profondeurs caverneuses jonchées de coraux brisés, des voies de tramway abandonnées, des paniers de phosphate jetés et des bidons de kérosène américains rouillés. » Inutilisable pour quelque usage que ce soit. Les cadavres abandonnés des excavatrices et autres bulldozers rouillent en encombrant le paysage. La « Pleasant Island » ne peut plus se reconvertir dans le tourisme et pas davantage dans l'agriculture car elle n'a plus ni agriculteur ni terre arable.

Avec la fin du phosphate, les Nauruans découvrent qu'ils ont fait des placements catastrophiques qui ne rapportent rien. Les recettes sont illusoires, seules les dettes sont certaines. L'État est mis en faillite et ses biens saisis. Le pays entre dans une phase de grande instabilité politique.

Nauru passe brutalement d'un paradis artificiel à un enfer bien réel. Les habitants ne savent plus travailler, les terres jadis fertiles sont épuisées, les bâtiments flambant neufs se dégradent, les carcasses de voitures et autres engins sont à l'abandon, les ordures ne sont pas ramassées. Impossible d'attirer les touristes dans ce monde dévasté. Il n'y a plus aucune ressource.

Le plus désolant, c'est qu'une telle issue n'était en rien inévitable. Helen Hughes, une économiste australienne a calculé que de 1968 à 2002 le phosphate a rapporté 3,6 milliards de dollars australiens. Si un fonds d'investissement avait été correctement géré, il aurait laissé à chaque famille 4 millions de dollars australiens. De quoi voir venir. Encore fallait-il que les bénéficiaires se comportent en Norvégiens et pas en Nauruans.

Le pays n'est pas pauvre mais ruiné, ce qui est bien pire. La pauvreté seule se vit comme une fatalité, la ruine comme une déchéance faisant cohabiter la misère présente avec les reliefs de la splendeur passée. Les hôtels de luxe et les hôpitaux sont toujours là mais ne peuvent plus fonctionner et sont laissés à l'abandon. C'est particulièrement dramatique avec des Nauruans dont la santé a été détruite par l'absence de toute hygiène de vie. Car les trente années de laisser-aller physique et alimentaire ont de lourdes conséquences. Pratiquement toute la population est en surpoids et 45 % souffre de diabète. Mais les Nauruans ne s'en sont pas tenus à la « malbouffe ». La moitié d'entre eux fume régulièrement et l'alcoolisme est partout présent avec son cortège de violences. Les insulaires, qui sont presque tous au chômage, n'accompagnent par ailleurs leur oisiveté que de rares exercices physiques. Cette vie dissolue dure de moins en moins longtemps. La longévité est descendue à 55 ans, et même 49 ans pour les hommes. Seul le nombre des habitants a augmenté : il frôle maintenant les 12 000 personnes. Autant de bouches à nourrir, de corps à soigner.

Pour solde de tout compte

L'État se trouve dans une situation folle car il est le premier employeur du pays mais il ne collecte pas d'impôts pour payer ses fonctionnaires. Il peut, en toute légalité, vendre des droits de pêche dans ses eaux riches en ressources halieutiques. Mais cela rapporte peu. Pour trouver l'argent dont il a absolument besoin, il lui faut jouer à la marge de la légalité en tirant parti de ce dernier atout : la souveraineté étatique. Il accorde, sans le moindre contrôle, la nationalité nauruane à tous ceux qui veulent l'acheter, même les moins recommandables. Il laisse ainsi les contrebandiers de la finance transformer le pays en un paradis fiscal douteux. Des banques fictives y sont domiciliées sans la moindre présence physique de Nauruans. Juste un coffre-fort dans un paradis fiscal, quand ce n'est pas une structure de blanchiment. Dans les années 1990, ce sont 400 banques étrangères qui ont ainsi été créées. La rumeur veut que les mafias russes aient blanchi 70 milliards de dollars en les faisant transiter sur l'île en faillite. Les Américains s'irritent et, invoquant le *Patriot Act* de 2001, menacent de rompre avec l'île, considérée comme un « État voyou ». En 2003, Naurau doit céder à la pression américaine et exiger la « présence physique » pour introduire la transparence dans son secteur bancaire et ne plus figurer sur la liste noire des États non coopératifs.

La souveraineté donne par ailleurs une voix dans les instances internationales, à commencer par l'ONU. Nauru utilise cette position pour se rallier aux plus offrants. En tant qu'État indépendant, il est maître de décisions qu'il peut tenter de monnayer. C'est ainsi qu'il vote contre l'admission des Palestiniens à l'ONU en tant qu'observateurs mais soutient l'opposition japonaise à l'interdiction de la pêche à la baleine. Il s'accorde avec la Russie dans l'annexion de l'Ossétie du Sud et de l'Abkhazie mais se tient fermement aux côtés de Taïwan. Tout cela ne fait pas une diplomatie très cohérente si l'on oublie le dénominateur commun de ces décisions : l'avantage pour Nauru. Au reste, lorsque la Chine comprendra la règle du jeu, elle n'aura aucun mal à persuader Nauru, moyennant les contreparties suffisantes, de rompre avec Taïwan et de proclamer son amitié éternelle avec Pékin.

Ce rapprochement avec la Chine inquiéta les États-Unis et l'Australie, soucieux de contenir l'expansion chinoise dans le Pacifique. En décembre 2024, Nauru conclut un accord de cinq ans avec l'Australie qui stipule que le micro-État s'interdit de signer tout partenariat stratégique sans consulter l'Australie, laquelle s'engage à verser 90 millions de dollars américains pour soutenir Nauru.

Avec sa population sans ressources, tout entière au chômage, ce pays de cocagne est devenu un camp de réfugiés. On pourrait dire que les Nauruans sont devenus réfugiés dans leur propre pays, mais voici le pire. L'Australie ne veut plus accueillir tous les migrants qui affluent vers elle, notamment d'Asie. Elle ne veut pas non plus avoir sur son sol des camps de rétention. Elle a donc pensé à Nauru, dont elle supervise les finances, pour garder ces indésirables.

Dans les camps australiens s'amasse toute une population misérable soi-disant en transit, en fait en rétention, pour ne pas dire en détention. En 2001, le gouvernement de Canberra lance le Nauru Regional Processing Center, au terme d'un accord avec Nauru qui, moyennant finances, devra créer sur son sol un camp « de transit » pour recevoir des migrants en attente d'une décision sur leur sort : accueil ou renvoi. L'Australie paiera pour chaque migrant qui sera reçu. Cela pour la langue de bois. En pratique, il s'agit de garder des migrants venant principalement d'Irak et d'Afghanistan que l'Australie ne veut pas accueillir et ne peut pas faire partir. L'accord est intéressant pour l'État désargenté qui recevra au titre du NRPC jusqu'au quart de ses revenus. Mais comment peut-on construire des camps convenables dans un pays qui n'a pas de place, pas d'eau, pas de personnel ? Faute de mieux, on dressera des tentes avec des grilles autour.

Les ONG découvrent ces camps de concentration dans lesquels les conditions de vie sont abominables, et où les pires atrocités sont commises sur les hommes, mais aussi et surtout sur les femmes et les enfants. Le scandale soulève l'indignation des instances internationales. En 2007, l'Australie ferme ces camps et rapatrie les derniers prisonniers. En 2012, elle rouvre les camps et passe un nouvel accord. Malheureusement les conditions de vie ne se sont pas améliorées et, en 2013, les détenus font des grèves de la faim puis déclenchent des émeutes qui doivent être réprimées par la police et les agents de sécurité. Les derniers réfugiés sont évacués en 2023. Mais l'Australie, comme tous les pays d'immigration, souhaite toujours repousser hors de son territoire les migrants indésirables. Les camps seront ouverts ou refermés selon la majorité au pouvoir à Canberra, et Nauru ne sera pas plus en état de refuser demain qu'hier.

Quant au phosphate, celui que les mineurs ont laissé sur place et qui pourrait être récupéré lors d'une nouvelle campagne, il en reste, c'est certain. Mais outre la difficulté technique d'une seconde prospection, il faut voir si le coût d'extraction ne serait pas rédhibitoire pour une exploitation commerciale.

Reste enfin la récupération secondaire par injection de solvants chimiques dans la roche phosphatée pour ensuite obtenir du phosphate par séparation chimique. À supposer que cette méthode puisse être rentable, elle sera de toute façon effroyablement polluante. Au point où en est Nauru, est-ce encore un problème ? Il est aussi question d'exploiter les nodules polymétalliques qui tapissent le fond de l'océan. S'il se révélait possible de récupérer ces métaux rares dans des conditions avantageuses, il est probable que l'exploitation précéderait une étude complète des conséquences sur les fonds marins. Ne faudra-t-il pas abandonner la « Pleasant Island » devenue un enfer minier ?

Voici donc un cycle économique complet : une nouvelle ressource, une période de croissance forte, une période de déclin. Dans notre économie, ce genre d'épisodes s'étalent dans le temps et ne conduisent pas à de telles extrémités. Le secret de nos îles perdues, c'est la brutalité des phénomènes. Tout est plus simple, plus rapide, plus extrême. Mais les forces en présence, les mécanismes à l'œuvre sont les mêmes.

Quatrième escale

PITCAIRN

Une société à inventer

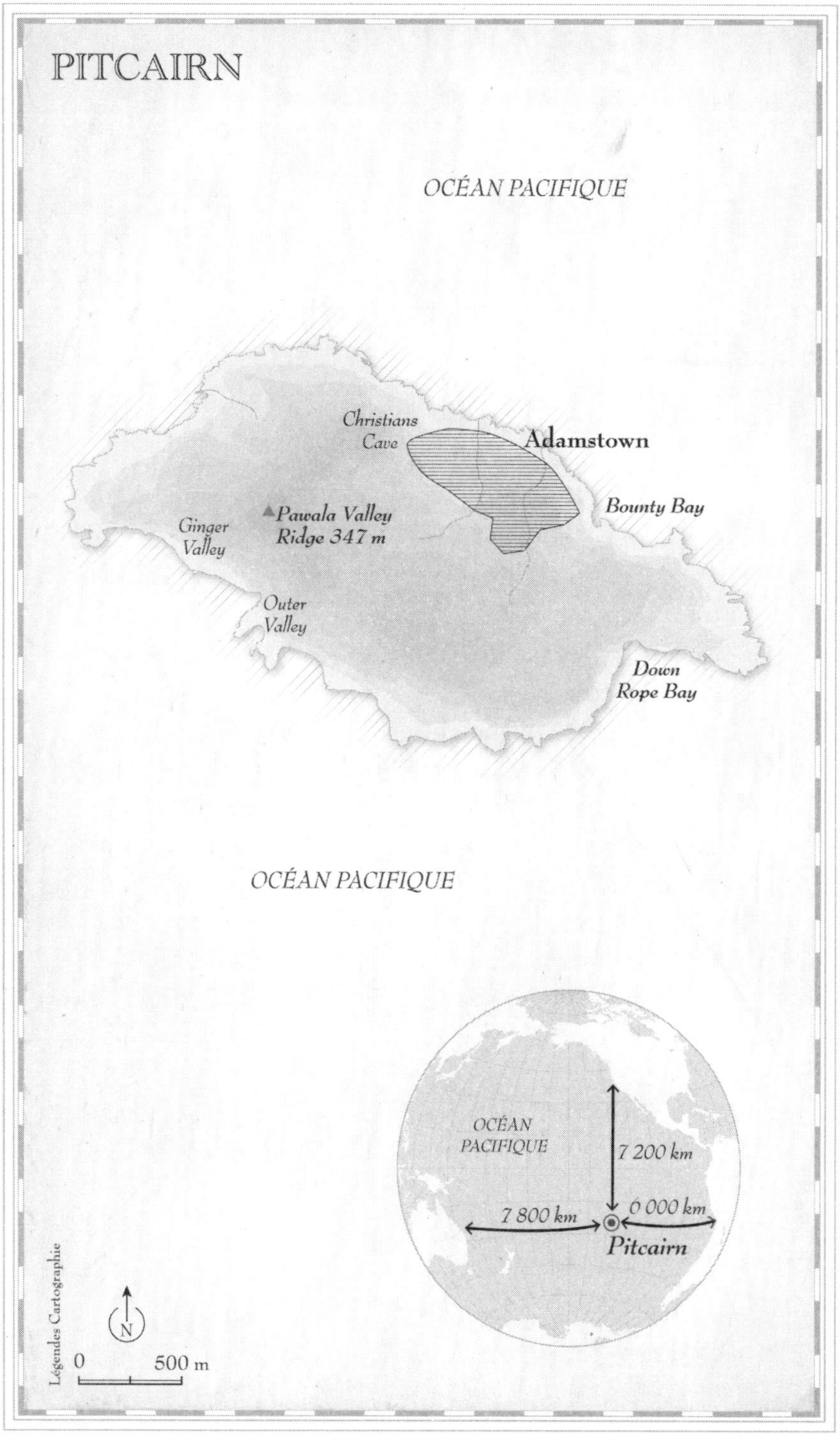
PITCAIRN
OCÉAN PACIFIQUE
Christians Cave
Adamstown
Bounty Bay
Pawala Valley Ridge 347 m
Ginger Valley
Outer Valley
Down Rope Bay
OCÉAN PACIFIQUE
OCÉAN PACIFIQUE
7 200 km
6 000 km
7 800 km
Pitcairn
N
0
500 m
Légendes Cartographie

« Faire société. » C'est devenu une formule toute faite qui rappelle le décalage entre « la foule », simple rassemblement d'individus, et « la société », organisme dont les membres interagissent comme les cellules des êtres vivants et donnent aux sociologues leurs sujets de recherche. Comment se créent les sociétés ? Chacune vit sur le récit de ses origines, une histoire pieuse avec héros et prophètes qui vaut pour toute l'humanité. Car on se situe toujours par rapport aux autres, à tous les autres, ne serait-ce que pour se distinguer. Et que se passe-t-il dans la réalité ? Comment des femmes et des hommes en viennent-ils à se doter de croyances, de valeurs, de règles, bref à « faire société » ? Réussissent-ils dans tous les cas ? Et comment vivent-ils ensemble s'ils ne parviennent pas à se donner un minimum sociétal ? Historiens et sociologues ont écrit d'innombrables ouvrages sur le sujet. Et qu'en disent nos îles perdues ? Pour le savoir, il faut se lancer à leur recherche dans l'immense océan Pacifique.

Partir à l'aventure, c'est ce qu'a dû faire Fletcher Christian, le 22 septembre 1789, en quittant Tahiti avec pour seul objectif de ne pas être rattrapé par un navire britannique. Une telle rencontre l'aurait envoyé au gibet à coup sûr car le droit de la mer est impitoyable avec les mutins. Or, Fletcher Christian ne commande la frégate *Bounty* qu'au terme d'une mutinerie qui a chassé le commandant Bligh et lui a permis de le remplacer. Toute la marine britannique va lui donner la chasse. Il le sait. Elle passera au peigne fin chaque île, chaque archipel du Pacifique. La seule chance de lui échapper, c'est de trouver l'île inconnue où les rebelles pourront refaire leur vie. Encore faut-il avoir des femmes pour fonder des foyers et peut-être aussi quelques hommes pour travailler. Conscients de cette nécessité, les mutins ont décidé, avant de quitter Tahiti, de faire la fête. Ce 22 septembre 1789, ils ont invité des autochtones, des hommes et des femmes bien sûr, à boire, rire et danser sur le *Bounty*. À l'approche de la nuit, quand tout le monde s'amuse, Christian fait lever les amarres et partir le navire avec ses invités devenus ses captifs. Pour une destination inconnue de tout le monde et, en premier lieu, de lui.

Une île invisible

Une trentaine de personnes – neuf mutins et une vingtaine de Tahitiens dont une quinzaine de femmes – se trouvent donc condamnées à disparaître car le crime de mutinerie ne se prescrit pas. Or tout se sait sur la mer, la moindre rencontre pourrait être fatale. Ils ne survivront qu'en se coupant de l'humanité. Le *Bounty* part à la recherche de l'île perdue et introuvable. Pendant plusieurs mois, les fugitifs cherchent une île-refuge, mais partout ils sont repoussés par les habitants. Il faut décidément prendre une île déserte. Christian finit par remarquer sur une carte un point à 2 000 kilomètres de Tahiti. Nul n'aurait l'idée d'aller là-bas, c'est donc là qu'il ira. Il vient de désigner l'île de Pitcairn, découverte vingt ans plus tôt par le navigateur britannique Philip Carteret. Mais il a beau la chercher, il ne voit rien. Le *Bounty* poursuit son exploration et finit par la trouver, à 300 kilomètres de son emplacement cartographique. Cette erreur, c'est un signe du destin. Qui donc ira s'obstiner à chercher une île qui existe sur les cartes mais qu'on ne trouve pas sur l'océan ?

L'île est, comme si souvent, un archipel, de quatre îlots : Pitcairn, mais aussi Oeno, l'île Ducie et Henderson. Retenons-en deux : Henderson et Pitcairn. Elles sont distantes de 192 kilomètres, autant dire qu'aux dimensions du Pacifique, elles sont jumelles. Henderson est inhabitée et pourtant fut consacrée en 2019 comme l'île la plus polluée du monde. De fait, ses rivages sont jonchés de détritus. Les scientifiques expliquent cette pollution sans pollueurs par la convergence des courants marins qui ont fait de la malheureuse île un véritable dépotoir océanique.

Celle-ci attire en outre les oiseaux qui viennent se gaver de déchets plastiques et mourir sur place.

Les fouilles archéologiques ont révélé que les îles furent habitées probablement du XIIIe siècle au XVe siècle. Quelques dizaines de personnes, pas plus. Qui ont pu survivre pendant deux siècles avant de disparaître, puisque les îles étaient désertes au XVIIIe siècle. Qui étaient ces habitants, pourquoi ont-ils disparu ? On l'ignore mais on a toutes raisons de penser qu'ils sont morts sur place ou en s'efforçant de fuir une situation devenue insupportable.

Pitcairn est aussi petite qu'isolée. Elle se trouve à l'écart de la Polynésie comme de la Nouvelle-Zélande. Petite, elle l'est assurément puisqu'elle fait moins de 30 kilomètres carrés ; en revanche, elle est accueillante autant que peut l'être une île polynésienne avec une végétation luxuriante, de l'eau en abondance.

Les nouveaux venus en prennent possession. Ils y trouvent tout pour être heureux. À condition bien sûr d'échapper à la marine anglaise. Les mutins en sont bien conscients, et récupèrent sur le *Bounty* tout ce qui pourrait être utile. Puis, le navire vidé, ils y mettent le feu car ils craignent d'être trahis par la carcasse du bateau. Cet acte est aussi fondateur. Quand on brûle ses vaisseaux, c'est qu'on change radicalement de vie et, de fait, cette date restera emblématique dans la petite communauté.

Encore faut-il inventer ce « règlement de copropriété » pour Pitcairn qui permettrait de vivre paisiblement alors qu'ils n'ont au-dessus d'eux ni autorité, ni État, ni police, ni juge, ni loi reconnue. Ils n'ont même pas une culture commune puisque les uns sont européens et les autres polynésiens et qu'ils ont beaucoup de mal à communiquer entre eux. Une humanité s'invente en vase clos.

Les mutins de l'arbre à pain

Comment imaginer que cette population, avec cette histoire, parvienne dans ces conditions à « faire société » ?

Les mutins ne sont pas des militaires, leur frégate, avec ses 28 mètres de long, n'était pas un bateau de guerre. Elle avait une mission bien précise : maîtriser l'arbre à pain. Un palmier dont le fruit, parfois simplement appelé le pain, ou même la brioche, avait la réputation d'être très nourrissant. L'expédition devait donc récupérer à Tahiti un millier de plants en pots pour les apporter aux Antilles britanniques. Elle avait été organisée par la Royal Society dont le président, Joseph Banks, possédait lui-même des plantations à la Jamaïque. Or la nourriture des esclaves coûtait cher et il semblait que l'arbre à pain permettrait de les nourrir à un moindre coût. Bref, le *Bounty* faisait de la botanique au service de l'esclavage et s'était lancé dans une très longue expédition. Celle-ci comporta une escale de cinq mois à Tahiti car il fallait préparer tous les pots à remporter aux Antilles britanniques. Les marins, qui avaient tant souffert pendant l'interminable traversée, près d'une année, par le cap de Bonne-Espérance, découvrirent avec bonheur le charme de l'oisiveté, de la Polynésie et des Polynésiennes. Lorsqu'ils reprirent la mer, ils étaient sans doute moins bien disposés vis-à-vis du capitaine Bligh et de ses rappels à la discipline. Or le commandant ne disposait pas, comme sur les navires militaires, d'une garde personnelle de Royal Marines pour le protéger.

En dépit de cette fragilité, il fit preuve d'un tel autoritarisme colérique que la moitié de l'équipage se rallia au projet de mutinerie, qui avait donc à sa tête le lieutenant et second Flechter Christian. Après s'être rendus maîtres du navire, les mutins décidèrent que le commandant Bligh serait mis sur une chaloupe avec les marins qui voudraient le suivre. En pratique, une moitié de l'équipage – plus que les mutins ne l'avaient prévu – choisit de rester fidèle et embarqua sur la chaloupe de sept mètres. Le frêle esquif surchargé semblait incapable d'assurer une traversée océanique. Les marins disciplinés réussirent pourtant, sous les ordres du commandant Bligh, à joindre Java et finirent par revenir en Angleterre.

Les clandestins de Pitcairn

Les 30 exilés de Pitcairn, eux, ne donnent plus signe de vie et ne seront retrouvés que dix-neuf ans plus tard, quand un baleinier américain vient relâcher sur l'île pour prendre de l'eau. Les arrivants découvrent une dizaine de femmes, de nombreux enfants et un seul homme, John Adams, le dernier des mutins. Il semble détenir sur ce gynécée un pouvoir que lui confère la bible qu'il a récupérée dans le *Bounty* et qu'il tient toujours auprès de lui. Mais comment est-on passé de trente personnes à une dizaine ? Que sont devenus les hommes qui ont disparu ? Les récits d'Adams, corroborés par les témoignages des femmes, révèlent que Pitcairn, dans les années de secret, fut davantage un enfer qu'un paradis.

Les mutins, solidement installés dans leur suprémacisme blanc, ne pouvaient se mettre sur un pied d'égalité avec les Tahitiens. Ils ne les imaginaient qu'à leur service. C'était vrai pour le travail, les autochtones devant effectuer les tâches les plus pénibles, mais c'était vrai également sur le plan sexuel. Les femmes venues de Tahiti étaient à la disposition des mutins. Ils pouvaient s'en servir et les échanger à volonté. Or il n'existait pas entre les uns et les autres le minimum culturel, tant idéologique que linguistique, qui aurait permis de chercher, et peut-être de trouver, un compromis. Ne restait que la violence.

Les premiers qui l'utilisèrent furent les Tahitiens. Elle s'imposa après deux années, lorsque Christian, dépressif, perdit son autorité. Cinq mutins furent assassinés simultanément. Les tueries continuèrent, souvent perpétrées par les femmes qui voulaient venger leurs maris. Six hommes trouvèrent ainsi la mort. John Adams se retrouva bientôt le seul survivant, tirant de cette position et du fait qu'il pouvait lire, écrire et prêcher une sorte d'autorité sur cette population de mères et de veuves.

Curieusement, la petite colonie semblait avoir trouvé un certain équilibre sous l'autorité de ce John Adams, devenu une sorte de gourou qui régentait ce monde féminin et mit un point d'honneur à enseigner l'anglais, prêcher la Bible et même édicter les lois de l'île.

Le choix de la clandestinité fut, en définitive, tragique pour les mutins, mais ne fut guère plus favorable pour ceux qui étaient restés à Tahiti. Après le retour en Grande-Bretagne du commandant Bligh, l'amirauté lança sur les traces des mutins la frégate *Pandora* sous le commandement du capitaine Edward Edwards. Celui-ci retrouva à Tahiti quatorze membres de l'équipage rebelle. Les uns se livrèrent spontanément, les autres furent arrêtés, tous finirent emprisonnés dans la *Pandora* aménagée en bateau-prison.

Le capitaine Edwards navigua d'île en île à la recherche des fugitifs et, ne trouvant rien, retourna en Grande-Bretagne. Retour mouvementé. La *Pandora* s'échoua sur la grande barrière de corail et le capitaine, voyant que la frégate était perdue, donna l'ordre d'évacuation. Encore fallait-il détacher de leurs chaînes les prisonniers. Le temps manqua pour quatre d'entre eux qui périrent noyés. Les autres prirent place sur des chaloupes et refirent, mais avec des fers aux pieds, le parcours du commandant Bligh pour joindre Java puis regagner la Grande-Bretagne. C'est à Portsmouth que la cour martiale jugea les hommes du *Bounty*. En définitive, trois furent condamnés à mort et pendus. Bligh, qui était reparti en expédition, n'assista même pas au procès. Mais aucune action ne fut entreprise lorsque John Adams fut découvert à Pitcairn. La mutinerie du *Bounty* devint un thème pour les écrivains, même Jules Verne y consacra un livre, et Pitcairn continua son histoire.

Les femmes à disposition.

Une fois reconnue, l'île fut annexée par la Grande-Bretagne en 1838 mais vécut dans une quasi-autarcie. Sa population a varié au hasard des arrivées et des départs mais resta toujours très restreinte, entre 50 et 200 habitants. Elle n'est plus aujourd'hui que d'une cinquantaine de personnes.

Avait-on enfin trouvé un savoir-vivre à si petite échelle ? On pouvait le penser jusqu'à ce qu'un plaisancier australien aventureux vienne y passer des vacances en 1996 avec sa fille. Au retour, celle-ci révéla qu'elle avait été agressée sexuellement par des hommes de Pitcairn. Son père porta plainte et la machine policière se mit en marche. Très difficilement, on l'imagine, dans un monde sans police et sans justice.

Mais la parole se libéra et des femmes de Pitcairn firent un récit atroce des relations sexuelles au sein de cette communauté. Le viol n'était pas seulement une pratique générale ; l'inceste et la pédophilie aussi. Manifestement, les hommes se servaient des femmes et des filles à leur convenance. Pour preuve le nombre très élevé de femmes mettant leur premier enfant au monde dès 14 ans.

Les enquêtes diligentées par les autorités britanniques et néo-zélandaises en 2004 aboutirent à des inculpations pour viols et agressions sexuelles diverses. La plupart des hommes se trouvaient concernés, à commencer par le maire et l'homme le plus important de l'île : Steve Christian – souvenez-vous, le nom du chef des mutins du *Bounty*.

Impossible de contester les faits. Toutes les femmes de Pitcairn ont été violées dès l'âge de 12 ans. Mais les hommes se sont défendus en faisant valoir qu'ils ne reconnaissaient pas l'autorité britannique et ne connaissaient pas les lois qu'on leur appliquait. Ils prétendirent ignorer l'interdiction de l'inceste et de la pédophilie. Ils vivaient une liberté sexuelle tahitienne fantasmée qu'ils avaient recomposée à leur convenance.

Cette défense ne les a pas empêchés d'être condamnés. Les sentences ont frappé six des sept prévenus : quatre condamnés à des peines de deux à six ans de prison, deux assignés à résidence ; des condamnations plutôt légères compte tenu de la gravité des charges. Sans doute a-t-on tenu compte du climat social si particulier de Pitcairn.

A-t-on déporté les condamnés à la réclusion ? Non pas. Dès avant le premier procès, une prison de six cellules a été mise en chantier sur l'île et les constructeurs se sont trouvés être les accusés eux-mêmes avant d'en devenir, pour certains d'entre eux, les pensionnaires.

Une fois de plus, les îles perdues nous donnent une leçon des plus actuelles et des plus précieuses : la sociogenèse passe par le statut des femmes. Non pas par l'égalité des sexes, ne rêvons pas, mais par la reconnaissance de la femme en tant qu'être humain, jouissant de droits spécifiques qui s'imposent aux hommes. Sa réduction au rôle d'esclave sexuelle du mâle rend impossible toute structure sociale, à commencer par la famille. Combien de sociétés, de communautés, de civilisations doivent encore découvrir que « la femme est l'avenir de l'homme ». Pitcairn en fait la démonstration extrême : il n'y a pas d'avenir pour une société qui ignore la femme.

Pitcairn a été dotée d'un administrateur, de juges, de policiers tandis que sa population diminuait, passant de la sous-administration à la suradministration. L'île s'est ouverte au tourisme et fait sa publicité sur les réseaux sociaux. Mais les insulaires, loin d'appeler l'immigration, semblent la craindre. À ce jeu, c'est le peuplement même de l'île qui finirait par être remis en cause. Pitcairn redeviendrait alors une île inhabitée, peut-être une réserve naturelle, internationalement protégée, car c'est un trésor pour la biodiversité. Pour peu qu'elle ne soit pas submergée par les ordures.

Les structures sociales mises en place à Tristan da Cunha ou à Tikopia se sont révélées d'une solidité à toute épreuve, pour faire vivre une petite communauté en marge du monde moderne. La domination machiste imposée à Pitcairn n'avait pas une telle légitimité. Elle disparaîtra à mesure que ses habitants et ses habitantes abandonneront l'île de la Soumission.

Cinquième escale

ARCHIPEL HOUTMAN ABROLHOS

Le camp de la mort

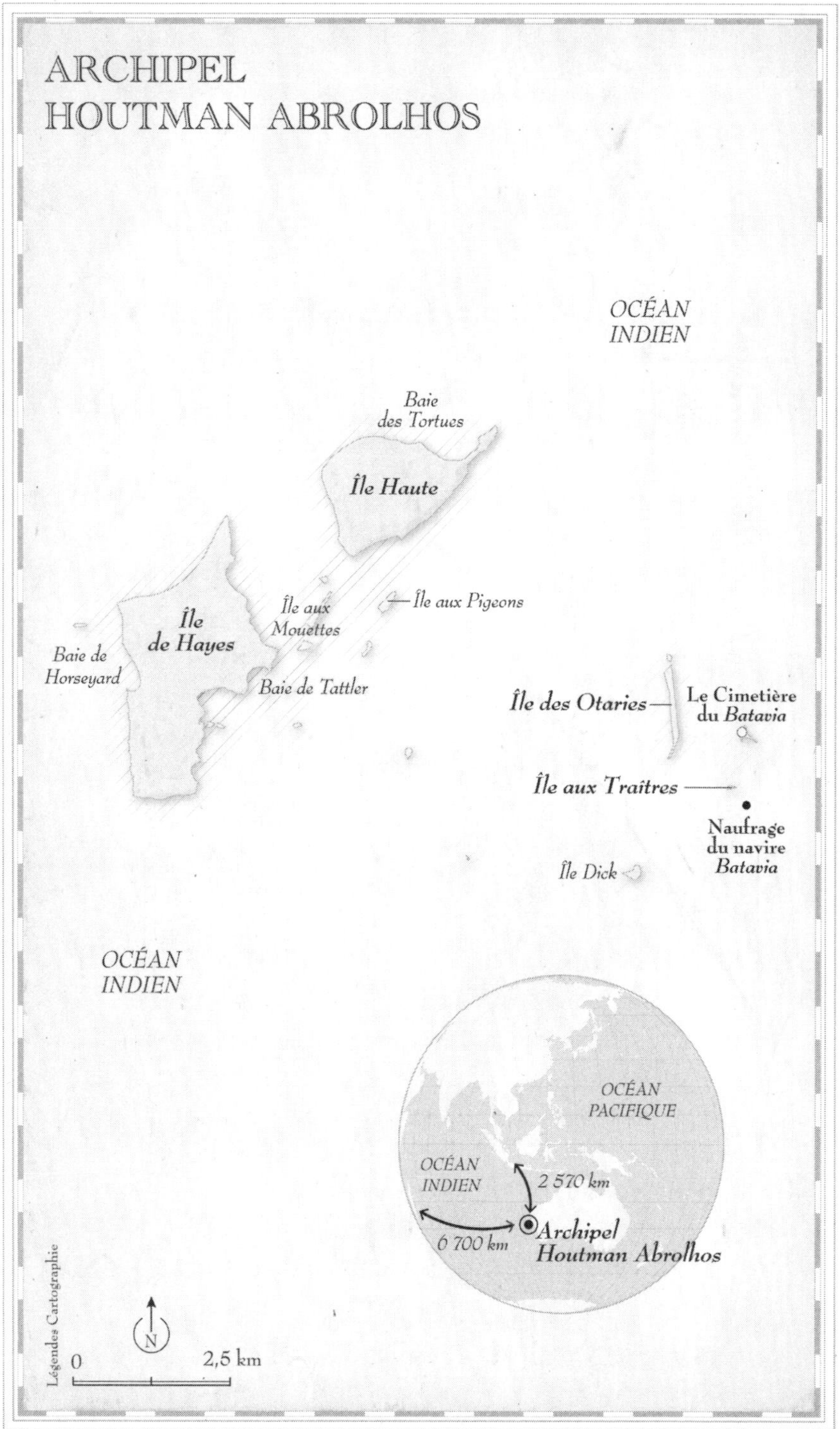
ARCHIPEL
HOUTMAN ABROLHOS
OCÉAN
INDIEN
Baie
des Tortues
Île Haute
Île aux
Mouettes
Île aux Pigeons
Île
de Hayes
Baie de
Horseyard
Baie de Tattler
Île des Otaries
Le Cimetière
du Batavia
Île aux Traîtres
Naufrage
du navire
Batavia
Île Dick
OCÉAN
INDIEN
OCÉAN
PACIFIQUE
OCÉAN
INDIEN
2 570 km
6 700 km
Archipel
Houtman Abrolhos
N
0
2,5 km
Légendes Cartographie

Est-ce une île ? Ce serait beaucoup dire pour des surfaces que la barrière de corail fait émerger au ras des flots. Ce pourrait être un lieu pour survivre en attendant des secours, certainement pas un territoire pour vivre. Encore faudrait-il attendre fort longtemps car nous sommes au large de l'Australie, en l'an 1629. Le roi de France, Louis XIII, ne règne pas sur cette *Terra Australis Incognita*. Ni lui, ni aucun autre monarque européen d'ailleurs. C'est pourtant ici, sur ces plateformes marines, que s'est constitué, à l'occasion d'un naufrage, une île éphémère qui deviendra un véritable camp de la mort. Ce drame n'a concerné que quelques centaines de personnes, n'a duré que quelques mois, mais il a dévoyé ce phénomène structurant de nos sociétés : le pouvoir.

Pourquoi certains commandent-ils ? Pourquoi les peuples obéissent-ils ? Une pleine bibliothèque ne suffirait pas à contenir toutes les controverses, toutes les spéculations, toutes les théories qui ont prospéré sur ce thème. En place d'un traité supplémentaire, cette « petite » histoire, en dehors de nos institutions, n'impliquant qu'un nombre réduit d'individus, nous en dit beaucoup sur la hargne des uns à devenir dominants, sur la résignation des autres à être dominés.

Le sujet est à la mode, il s'incarne dans des idéologies et des institutions. Un habillage qui ne résiste pas à un naufrage. Une telle épreuve ramène les hommes à ce qu'ils sont et le pouvoir à ce qu'il peut être : une protection pour beaucoup, une passion pour certains.

Le vertige du pouvoir

Dans l'histoire mondialisée que nous vivons, l'attribution des places n'est pas laissée à l'appréciation des uns et des autres, elle suit des règles, les mêmes pour tous. À très petite échelle et dans l'extrême urgence, au contraire, l'autorité personnelle suffit à imposer le chef. Pour le meilleur ou pour le pire. Le pouvoir peut devenir une fin en soi, une exaltation qui grise les esprits jusqu'à la folie. Voilà ce qui est survenu sur l'île éphémère provoquée par le naufrage du *Batavia*.

Partons sur ce magnifique navire, l'un des plus beaux de l'époque. Trois mâts, quatre ponts, 49 mètres de long pour un volume de 600 tonnes métriques. Il fait grande impression, non pas sur les Hollandais qui l'ont construit, mais sur les Asiatiques auxquels seront achetés, le moins cher possible, les produits précieux qui seront revendus en Europe. Le plus cher possible.

Le *Batavia* a été construit dans les chantiers d'Amsterdam selon les normes les plus sévères. Il possède une double coque en chêne massif pour résister aux conditions extrêmes qu'il ne manquera pas de rencontrer.

Pour son voyage inaugural, le *Batavia* est en position de navire amiral d'une flottille de six bateaux et doit rejoindre à Java le port de Batavia, que nous appelons aujourd'hui Jakarta. Il emporte dans ses flancs 320 personnes, dont une vingtaine de femmes, et, surtout, un trésor de 250 000 florins en pièces d'or et d'argent, soit 20 millions de nos euros. Pour le défendre, il est équipé d'une trentaine de canons qui le transforment en une « forteresse flottante ».

Le navire appartient à la Compagnie hollandaise des Indes orientales, soit la VOC pour Verenigde Oostindische Compagnie, qui est à l'époque la plus importante entité transnationale. Cette suprématie tient à l'incomparable maîtrise du commerce international des Hollandais qui leur a permis de damer le pion aux Portugais et aux Vénitiens au XVe siècle. Le commerce l'emporte sur la navigation.

À bord des navires, le commandement est dédoublé. Tout au sommet se trouve le subrécargue, non pas un marin mais, disons, un commercial. Sur lui repose la responsabilité de l'expédition, c'est-à-dire sa rentabilité financière. La navigation maritime, elle, est confiée à un commandant, un patron. À lui de diriger les manœuvres, de commander l'équipage. Bref, un homme des comptes et un homme de la mer, le premier étant au-dessus du second et chacun étant pourvu d'un assistant.

C'est dans un tel cadre qu'a été recruté le commandement du *Batavia*. Comme subrécargue, un homme de 33 ans, Francisco Pelsaert, qui prend le titre de « commandeur » car son autorité s'étend aux navires d'accompagnement. Pour le « patron », disons le « capitaine », Ariaen Jacobsz, un homme d'expérience, plus âgé.

Le premier est intelligent, cultivé mais de santé fragile ; le second est un très solide marin mais buveur, brutal, cavaleur et colérique. Tous deux se sont déjà rencontrés et cela s'est fort mal passé. Jacobsz en a gardé une très solide inimitié vis-à-vis de Pelsaert.

C'est juste avant le départ du *Batavia* que Jacobsz a découvert le nom du commandeur. Il va se trouver sous les ordres d'un individu plus jeune et qu'il déteste. Cette inimitié ne vaudrait pas d'être rappelée si elle n'avait pas eu les plus graves conséquences pour la suite des événements.

L'AIR DE RIEN ET CAPABLE DE TOUT

C'est maintenant qu'entre dans l'histoire un personnage d'apparence anodine mais qui se révélera être un autocrate redoutable : Jeronimus Cornelisz. Il a été recruté comme assistant subrécargue. Un choix curieux. Il est d'un niveau culturel bien supérieur à celui des passagers comme de l'équipage. Mais sous des dehors flatteurs, le service à bord du *Batavia* tient davantage des travaux forcés que de la croisière océanique. Les conditions de vie sont extraordinairement dures. Pendant la seule descente de l'Afrique, une douzaine de matelots du *Batavia* succomberont au scorbut. Quant aux insectes, ils ne font nulle différence entre les passagers et les membres de l'équipage, et l'on retrouve partout poux, punaises, cafards et autres parasites. Il faut « vivre avec ». Certes le nouveau venu était dans l'encadrement, mais il n'en était pas moins plongé dans ce milieu putride.

Comment expliquer, dans ces conditions, que Jéronimus Cornelisz, qui n'était en rien marin, ait choisi le *Batavia* ?

Il a une trentaine d'années, il a reçu une formation d'apothicaire, est réputé être un homme très cultivé et un brillant causeur. Il ouvre son officine à Haarlem, se marie, a un fils. Puis tout se gâte. L'enfant meurt, le ménage se dissout. Jéronimus fait de mauvaises affaires et doit même se déclarer en faillite. Ce n'est rien encore, il risque en outre d'être poursuivi comme hérétique. Ce qui peut être infiniment plus grave. Cornelisz se trouve donc tout à la fois pressé par ses créanciers et menacé par la justice. On peut prendre la mer pour moins que ça.

Il est surprenant qu'une histoire vieille de quatre siècles nous soient si bien connu. Cela tient à la fin judiciaire de l'histoire. Ce drame a donné lieu à un procès dont les actes, interrogatoires, témoignages, etc., ont été conservés. Il y eut encore les rapports internes de la VOC. Enfin, différents acteurs, notamment Francisco Pelsaert, publièrent des récits très complets. Ainsi cette histoire ancienne est-elle, à sa façon, documentée comme le naufrage du *Titanic*.

COMPLOT EN MER

Le *Batavia* appareille donc le 28 octobre 1629. Parmi les passagers figure une femme, Lucretia Jansdochter, Creesje Jan de son diminutif, et qui met tout l'encadrement en émoi. Une très belle femme de 27 ans qui voyage seule ! La dame attire tous les regards mais repousse toutes les avances.

Comment le capitaine et l'intendant adjoint en vinrent-ils à fomenter le projet de prendre la place de Francisco Pelsaert et de s'emparer du navire ? L'histoire ne le dit pas. Tous deux ne pouvaient qu'être fascinés par l'énorme trésor qu'ils transportaient : 250 000 florins en pièces d'or et d'argent dont ils pourraient disposer à leur guise lorsqu'ils se seraient emparés du *Batavia*. Il y avait assurément de quoi faire tourner la tête. En outre l'idée de devenir le maître du *Batavia* pouvait griser Jeronimus.

Il déploya alors tout son capital de séduction, qui, de l'avis unanime, était grand, pour recruter des mutins. La difficulté tenait à la cohue qui caractérisait le *Batavia*. Il fallait obtenir la neutralité de 300 personnes qui, a priori, ne devaient pas être favorables à une mutinerie. Cela ne pouvait se faire qu'en disposant d'une bande importante, gagnée à sa cause, pour encadrer les « Bataviens ». Il fallait trouver de nouveaux soutiens qui s'ajouteraient aux premiers acolytes.

Jéronimus prêchait donc la mauvaise parole, tandis que le *Batavia*, ayant fait escale au Cap, pénétrait dans l'océan Indien. Le plus simple eût été de piquer au nord et de remonter le long des côtes africaines avant de mettre cap à l'est. Mais il valait mieux partir plein est pour bénéficier de vents et de puissants courants marins qui portaient les navires aux latitudes élevées, dans les « quarantièmes rugissants », et ne remonter au nord qu'en arrivant à hauteur du détroit de la Sonde, entre Java et Sumatra, après avoir frôlé le continent australien qui était à cette époque une « terre du Sud » totalement inconnue. Ainsi parcouru, le trajet était plus long en distance mais moins long en durée, donc en argent. Dans cette manœuvre, il fallait éviter les récifs coralliens baptisés Houtman Abrolhos qui faisaient une « garde rapprochée » devant le bloc australien.

Le piège des hauts-fonds

Malheureusement, le calcul de la longitude était tout sauf fiable et le commandant Jacobsz croyait être à des centaines de kilomètres de l'Australie alors qu'il n'en était qu'à 60. Juste au niveau des fameux récifs. Dans la nuit du 3 au 4 juin 1630, alors que le navire avançait à belle allure, poussé par un fort vent arrière, l'homme de vigie crut remarquer des îles juste devant le bateau. Il alerta le capitaine qui, certain de naviguer en haute mer, décréta qu'il s'agissait d'un reflet sur l'eau et maintint la vitesse du navire. C'est ainsi que le *Batavia* ne vint pas s'échouer sur des hauts-fonds mais bien s'encastrer dans les récifs. Le choc fut terrible. Il apparut rapidement que le bateau ne pourrait se dégager. Voué à sombrer, il devait être abandonné. La lueur de l'aube ne révéla aucune île, rien que des îlots à fleur d'eau. Faute de mieux, il fallait y débarquer les passagers du *Batavia* car le navire n'en avait pas pour longtemps. Par le sort de ce naufrage, ces îlots devenaient, à titre temporaire, des îles perdues qui allaient connaître les pires aventures.

Tout au long de la journée, Pelsaert et Jacobsz organisèrent l'évacuation des passagers et le déchargement du navire vers les petits îlots que formaient les hauts-fonds. Au soir, il restait encore 70 personnes à bord du *Batavia*.

Il fallait donner l'alerte, car aucun navire ne viendrait spontanément. La chaloupe et la yole représentaient la seule possibilité pour atteindre une terre habitée. À plus de 2 000 kilomètres ! L'expédition semblait impossible, mais, en l'absence d'alternative, il n'est plus nécessaire d'espérer pour entreprendre. Seul un marin confirmé, Jacobsz en l'occurrence, pouvait tenter cette ultime chance. Pelsaert le détestait trop pour le laisser partir seul. Mais comment faire admettre cela aux naufragés ? Un capitaine n'abandonne pas ses passagers, tout le monde sait cela.

C'est dans la plus grande discrétion qu'ils durent préparer leur départ puis s'en aller. Quatre jours après la catastrophe, les naufragés découvrirent que les chaloupes avaient disparu et que les commandants n'étaient plus là. Ils étaient seuls. Abandonnés sur leur microarchipel.

Peu après, le *Batavia* céda et se brisa purement et simplement. La soixantaine d'individus restés à bord s'efforça tant bien que mal de s'accrocher à tous les débris, toutes les planches, tous les objets flottants répandus sur la mer afin de gagner la terre ferme. Seule une vingtaine y parvinrent. Parmi eux, Jéronimus Cornelisz. Il devint ainsi le seul représentant de l'encadrement ayant survécu à ce désastre. Un pouvoir bien incertain qu'il s'empressa pourtant d'imposer.

Toute organisation en Hollande passait par un comité. Les naufragés en formèrent un. Tout naturellement, Jéronimus se porta à sa tête. Mais il aurait voulu n'avoir autour de lui que des conjurés à son image. Il redoutait en effet que l'existence de la conspiration ne soit portée à la connaissance de tous. En ce cas, le subrécargue adjoint dénoncé comme maître comploteur serait arrêté, jugé, condamné. Pour éviter cela, il devait s'entourer d'affidés qui ne diraient rien de ce qu'il fallait taire mais feraient tout ce qu'il demanderait de faire.

Un homme de pouvoir

D'emblée, il s'affirma comme un véritable homme de pouvoir. D'abord en enfilant les tenues chamarrées de Francisco Pelsaert et d'Ariaen Jacobsz qui avaient pu être récupérées dans le naufrage. Mais surtout en sachant commander et se faire obéir. La démonstration était d'autant plus convaincante qu'elle répondait à une nécessité. Pour ces malheureux qui avaient perdu tout avenir, tout repère, qui souffraient de faim, de froid et de soif, l'ordre était devenu un service indispensable. Peu importait qu'il fût autocratique ou démocratique, religieux ou laïc, juste ou injuste, il fallait d'abord que chacun soit rassuré sur sa place et son rôle. Cornelisz devint l'homme de la situation.

Il organisa une sorte de camp en répartissant l'espace : ici la nourriture et l'eau, là les armes : deux mousquets, des épées, des haches, etc., et pour le commandement la meilleure place, dans l'espace comme dans les esprits. Il devait être clair pour tous que la nourriture, les armes et les embarcations étaient sous le contrôle de Jéronimus Cornelisz. Ce n'était pas un privilège, c'était une prérogative.

La situation était tragique. La nourriture et les tonneaux d'eau qui avaient pu être récupérés n'étaient pas à la mesure des 208 rescapés. Or, les premières observations donnaient à penser qu'on ne trouverait pas grand chose de potable ou de comestible sur les îlots. L'assistant économe en tira tout de suite la conséquence : il fallait faire disparaître la moitié des gens.

Le *Batavia* se trouvait échoué sur un archipel de petits îlots très plats que les naufragés identifièrent et baptisèrent « le Cimetière du *Batavia* » pour l'îlot de l'échouage, « l'île aux Traîtres » pour l'îlot d'où étaient partis les commandants, « l'île Haute » pour un îlot un peu à l'écart et, surtout, qui s'élevait jusqu'à une vingtaine de mètres, enfin « l'île des Otaries », pour la raison que son nom indique.

Pour éliminer une partie des rescapés, Jéronimus laissa entendre que selon les premières explorations, ces îles possédaient des sources d'eau et des ressources pour la chasse et la pêche. Bref, elles étaient vivables. Sur ces assurances fallacieuses, il forma des groupes avec femmes et enfants pour les différents îlots. En prenant bien soin de ne pas inclure ses complices en mutinerie qui devaient rester auprès de lui. Les affectés furent laissés sans armes et sans embarcations, sur la promesse que l'on viendrait bientôt les relever. Pour Jéronimus, c'était une façon dissimulée de réduire le nombre des survivants et d'augmenter parmi eux la proportion des anciens mutins.

Le jeu du pouvoir

Le décor est posé. Cette apparente modération n'est qu'un préalable. L'ambition de Cornelisz se réduit à cette volonté d'être le chef, celui dont la volonté s'impose aux autres. Sans limites. Encore faut-il que les « Bataviens » acceptent de subir cette servitude.

Cinquante ans plus tôt, un jeune homme de 18 ans, Étienne de La Boétie, a rédigé un ouvrage sur la « servitude volontaire » qui fait encore autorité quatre siècles plus tard. Il part d'une évidence : la force seule ne suffit pas à entretenir la tyrannie. Si les populations qui veulent la liberté se soulevaient, les dictatures ne tiendraient pas ; elles ne se maintiennent qu'en raison d'une secrète acceptation. D'où cet oxymore de « servitude volontaire ». Mais comment est-il possible que des individus qui devraient aimer la liberté acceptent cette soumission ? La Boétie évoque la religion, la tradition, l'habitude, le conservatisme, qui entretiennent le peuple dans cette résignation. Aujourd'hui les idéologies à l'œuvre ont changé, la politique a progressé et la religion régressé, mais elles reviennent toujours à légitimer les princes, les chefs, les partis, bref, la classe dirigeante, en faisant de la discipline une obligation et même une vertu. La force ne vient qu'en complément pour mater les révoltes.

Sur le *Batavia*, ces idéologies n'étaient donc pas de mise et la discipline de la marine a fait naufrage en même temps que le bateau. Jéronimus ne peut trouver qu'une très faible légitimité dans sa position d'adjoint. Pour faire reconnaître son pouvoir, il va entraîner les malheureux naufragés dans une histoire cauchemardesque qui reproduit tous les avatars du pouvoir, du meilleur au pire. Le meilleur, nous l'avons vu dans cette première phase où ses dons de commandement sont mis au service d'une première organisation, d'un semblant d'ordre, bien nécessaires pour ces naufragés qui ne savent ni où ils sont, ni ce qu'ils vont devenir.

Mais il entend aller au-delà et imposer la loi de la violence, la seule sur laquelle il a l'intention de s'appuyer. En sachant qu'à tout moment ceux qui la subissent peuvent se rebeller. C'est donc une relation dramatique qui se met en place entre d'un côté Jéronimus et ses « alliés » qui sont minoritaires mais détiennent les armes, et de l'autre la grande majorité des naufragés, désarmés, qui doivent choisir entre résister ou se soumettre. En un premier temps, Jéronimus a pu miser sur l'utilité de sa fonction, mais son objectif est clairement de faire triompher à son profit le règne de la force.

Il l'impose tout d'abord par le canal judiciaire. Il fait condamner à mort et exécuter quatre marins coupables de larcins. Cette sévérité choque les rescapés qui n'osent, dans l'état de faiblesse où ils se trouvent, se rebeller contre une justice même expéditive. Mais il devient trop compliqué et peu efficace de justifier ou de masquer la violence. Mieux vaut l'imposer telle quelle.

L'occasion se présente peu après. Sur l'île aux Traîtres, les réfugiés qui s'étaient bricolé des radeaux décident de rejoindre l'île Haute. Deux couples avec enfants embarquent. Jéronimus et ses hommes, qui observent la manœuvre, prennent la seule véritable embarcation disponible, la dernière récupérée sur le *Batavia*, et se portent au-devant du radeau qui avance péniblement. Les mutins sortent leurs armes et tuent tous les passagers, femmes et enfants compris. « Le massacre, [...] qui se déroula au vu et au su des cent trente habitants du Cimetière du *Batavia* jette pour la première fois la lumière sur les desseins de l'intendant adjoint. Depuis trois semaines ou plus, les occupants de l'île avaient aveuglément accepté l'autorité de Cornelisz. À présent, leurs yeux se dessillaient [...] toute la population de l'île savait à quoi s'en tenir [1] », constate Mike Dash.

LE TEMPS DES ASSASSINS

Cette population découvre l'horreur de la situation mais en même temps mesure sa faiblesse. Cornelisz voit venir à lui, comme il l'avait prévu, des hommes apeurés qui acceptent de faire acte d'allégeance. Tout au long du mois de juillet, il peut donc multiplier les assassinats, à commencer par tous les malades qu'il fait égorger. Il n'est plus besoin de prétexte, de formalité, il suffit d'une injonction de Cornelisz. Le petit groupe de tueurs qui le suit

1. Mike Dash, *L'Archipel des hérétiques : la terrifiante histoire des naufragés du Batavia*, traduit de l'anglais par Stéphane Carn, Paris, J.C. Lattès, 2001, p. 162.

aveuglément a pris goût à ces assassinats et sollicite ses ordres pour en commettre de nouveaux. Les naufragés savent que la mort rôde. Ils vivent dans la terreur.

Cornelisz, qui s'est affublé du titre de « capitaine général », entend se faire reconnaître tous les attributs du pouvoir. Notamment les femmes. Lucretia Jansdochter, la Dame, belle et distinguée, a tenté de résister mais ne put rien face à la violence déchaînée qu'exerce le « capitaine général ». Il en fait sa concubine et l'exhibe comme trophée du pouvoir.

Le maître de l'horreur prend l'habitude d'exiger que tout rallié donne une preuve de fidélité au-delà d'un simple engagement écrit. C'est le plus souvent un meurtre qu'il doit accomplir. Meurtre qui, en l'absence de pistolet, se fait à l'arme blanche en fracassant le crâne, en égorgeant la victime ou en la noyant.

L'île éphémère du *Batavia* devient ainsi, pendant trois mois, le royaume d'un pouvoir criminel qui ne laisse d'autre choix que de tuer ou de se faire tuer. Dès le 14 juillet, on compte une cinquantaine d'assassinats, et leur nombre ne cesse d'augmenter. Il ne reste plus sur l'île que 90 personnes. Fait le plus troublant, cette banalisation du crime fait apparaître de nombreux criminels. Les uns cèdent à la peur, ce qui peut se comprendre, mais il ne fait pas de doute qu'un certain nombre y trouvent de l'excitation et/ou du plaisir. Moralité de ces « petits » massacres : « Les assassins sont parmi nous. » Mieux vaut ne pas les réveiller.

L'HEURE DE LA REVANCHE

Cet éphémère royaume du crime est né d'un naufrage du navire et de la société. « La discipline absolue qui avait réglé impeccablement tous les instants de la vie et de l'activité de l'équipage se dissolvait instantanément du fait du naufrage, comme si toute autorité devait inévitablement sombrer avec le navire [1] », constate Simon Leys. Cette monstruosité sociologique apparaît sur les décombres d'un ordre détruit, dont il ne reste plus que les apparences : les uniformes en l'occurence.

Les crimes s'accumulent, plus d'une centaine en septembre, et ni l'Église, ni la justice, ni la police, ni l'armée ne peuvent y mettre fin. Seule la révolte des victimes pourrait venir à bout de cette machine infernale. Mais est-ce possible ?

Jéronimus Cornelisz a appliqué le premier principe du pouvoir : « Diviser pour régner. » Il a réparti les rescapés du *Batavia* sur les quatre îlots qui ne communiquent pas entre eux. Face à lui, il n'a que des groupes réduits d'une vingtaine de personnes, incapables de résister à sa garde rapprochée de mutins-tueurs. Une situation qui n'est pas sans analogie avec celle des westerns, lorsqu'une bande de hors-la-loi terrorise et rançonne de braves fermiers incapables de se défendre. Dans les deux cas, c'est la

1. Simon Leys, *Les naufragés du Batavia suivi de Prosper*, Paris, Points, 2005, p. 36.

défaillance de l'État, ici parce qu'il n'existe plus et là parce qu'il n'existe pas encore, qui crée ce genre de situation. Du reste, l'histoire du *Batavia* évoque ces scénarios qui court-circuitent les tribunaux, les procédures et les institutions pour mettre en avant des individus bousculant le cours habituel des choses. Voilà exactement ce que sera la fin de cette histoire.

Jéronimus Cornelisz mit un certain temps à percevoir que la résistance s'organisait sur l'île Haute. Avec ses mutins-tueurs, il attendit la fin juillet pour lancer une première attaque. Les assaillants ne bénéficièrent d'aucun effet de surprise car les « Défenseurs », comme ils s'étaient eux-mêmes désignés, avaient organisé une surveillance constante. Ils firent demi-tour.

Ne pouvant utiliser la force, Jéronimus Cornelisz se dit qu'il lui restait un atout : son art de la négociation. Il s'était toujours et partout imposé grâce à sa supériorité dans la discussion. Qu'il s'entretienne avec ces gens et il les embobinerait. Il réussit à établir un contact.

La rencontre eut lieu de 2 septembre. Jéronimus était à ce point assuré de sa supériorité qu'il accepta de venir avec seulement cinq hommes pour l'entourer. Il engagea la conversation, tandis que les mutins qui l'accompagnaient tentaient de corrompre l'équipage. S'en suivit une bagarre au terme de laquelle Jeronimus lui-même se trouva prisonnier et même entravé. Scène de retournement hollywoodienne, mais ce n'est rien encore.

Le camp des « Défenseurs » était deux fois plus nombreux que celui des mutins. En revanche, ces derniers avaient toujours la supériorité des armes à feu. La bataille était figée avant d'avoir commencé.

C'est alors que se produisit le retournement attendu par les uns, redouté par les autres : le navire de secours, le *Sardam*, apparut à l'horizon. Francisco Pelsaert, qui avait pu atteindre Java à la rame, s'était fait remettre un navire de secours et avait fini par retrouver le lieu de la catastrophe.

Les deux camps ne voyaient pas les secours de la même façon. Pour les « Défenseurs », c'était la fin du cauchemar, le retour à la vie normale. En revanche, comme le note Mike Dash : « Pour [Cornelisz] et les mutins, le retour de Pelsaert signifiait non pas la vie mais la mort, non pas le salut mais la certitude du châtiment [1]. » Certains mutins, sachant trop bien le sort qui leur était réservé, caressaient l'espoir de prendre d'assaut le *Sardam*. Ils n'en eurent pas le temps. Pelsaert les fit arrêter et, sans attendre, engagea la procédure judiciaire avec des interrogatoires transcrits au fur et à mesure. Jéronimus Cornelisz était évidemment le personnage central, que tous les témoignages chargeaient, mais il nia tous les faits dont on l'accusait. Dans une telle situation, le droit hollandais recommandait le recours à la torture par noyade simulée.

L'épreuve était atroce et Jéronimus ne résista pas longtemps. Il donna à Pelsaert une vue très complète des horreurs qui s'étaient produites. Ce dernier poursuivit néanmoins son travail de juge-enquêteur. Le

1. Mike Dash, *op. cit.*, p. 228.

28 septembre, le Conseil élargi faisant office de tribunal condamna Jéronimus Cornelisz à être pendu après avoir eu les deux mains coupées. Les condamnations s'abattirent sur les autres chefs des mutins. Les uns en pendaison simple, les autres avec amputation de la main. La sentence fut appliquée dès le 2 octobre. Cornelisz fut pendu en premier, à la demande des autres condamnés qui craignaient quelque manigance de sa part pour échapper au châtiment.

Pelsaert repartit pour Java en emmenant 70 survivants du *Batavia*, dont 16 dans les fers, en attente de jugement. Il ne s'était pas décidé sur le sort de deux d'entre eux. D'une part Wooter Loos, le successeur de Cornelisz qui, tout de même, avait mis fin aux assassinats, d'autre part un tout jeune garçon qui, pensait-il, méritait le privilège de minorité. Il ne doutait pas que, s'ils arrivaient à Java, ils seraient pendus l'un comme l'autre, ce qui lui semblait excessif. Il décida donc de leur infliger une peine d'abandon. Tous deux furent laissés sur la côte occidentale de l'Australie. Ont-ils survécu seuls, ont-ils trouvé de l'aide auprès de populations autochtones ? Nul ne sait ce que sont devenus ces Robinson Crusoé du *Batavia* qui restent assurément les premiers colons de l'Australie.

LE POUVOIR ABSOLU

Le drame du *Batavia* nous fait découvrir les horreurs d'un pouvoir fou, il a donc la valeur d'un contre-exemple. Des personnages coupables de crimes abominables se retrouvent tout au long de l'histoire. Une différence avec notre sinistre héros saute aux yeux. Ce sont, pour la plupart, des chefs d'États, des rois, des généraux, de grands inquisiteurs, etc. Ces titres et les positions correspondantes les insèrent dans une hiérarchie sociale et donnent à leurs actes un statut particulier, les institutionnalisent en quelque sorte.

On ne retrouve rien de cela dans le drame du *Batavia*. Le pouvoir qui s'impose aux naufragés a surgi dans ce temps très court, dans cet espace très restreint, à partir d'un système social en miettes. Par cette absence de référence, il ressemble à une violence crapuleuse mais, par la fonction qu'il remplit, il s'apparente à un ordre étatique. Entre les deux, il illustre la formule fameuse d'Alain : « Le pouvoir rend fou. Le pouvoir absolu rend fou absolument. »

La domination de Jéronimus Cornelisz fut certes absolue, mais combien fragile. La servitude qu'il imposa ne pouvait être « volontaire » car elle ne correspondait à aucune idéologie et ne portait aucun ordre ; or la combinaison des deux est nécessaire pour stabiliser une dictature. L'idéologie, qu'elle soit politique, religieuse, nationale ou autre, doit recueillir une large adhésion et créer un sentiment unitaire autour d'une même cause, avec, si possible, un chef pour l'incarner.

En outre, cette servitude doit définir un ordre. Le pouvoir fixe des lignes rouges qui marquent les limites à ne pas franchir. La répression s'abat sur ceux qui vont au-delà. Mais la sécurité est garantie à ceux qui restent en deçà. Sur ce pacte qui offre à chacun la tranquillité dans la soumission, l'autoritarisme peut se stabiliser. À l'opposé, la société criminelle de Cornelisz faisait peser une menace permanente sur tout le monde. Quoi qu'ils fassent ou ne fassent pas, les malheureux naufragés risquaient la mort. Une terreur perpétuelle totalement insupportable. Sur cette base, ou cette absence de base, il n'est pas de servitude volontaire possible.

Cela dit, cet état de soumission qu'est la servitude volontaire, bien qu'il soit préférable à la terreur, n'en est pas moins inacceptable. La République lui oppose l'État de droit, qui garantit les libertés individuelles et devient le préalable à la politique. Cette défense ne doit pas être le fait d'un parti mais de la classe politique dans son ensemble. Avant d'être de droite ou de gauche, cette transcendance du droit nous protège contre la loi des plus forts, la loi des voyous. Lorsqu'elle s'effondre, que ce soit pour des raisons naturelles ou criminelles, le pire retrouve toutes ses chances comme l'a démontré notre éphémère île perdue.

Il ne faudrait pas que la seule erreur de Jéronimus Cornelisz retenue par l'histoire soit de ne pas s'être déguisé en grand inquisiteur, commissaire politique ou chef d'état-major pour se donner le bouclier d'un titre ou le prétexte d'une idéologie. Le pouvoir ne va pas sans limites et sans contrôle : cela du moins aura été rappelé par le drame du *Batavia*.

Sixième escale

ÎLE DE PÂQUES

Le jeu de la vérité

PÂQUES (RAPA NUI)

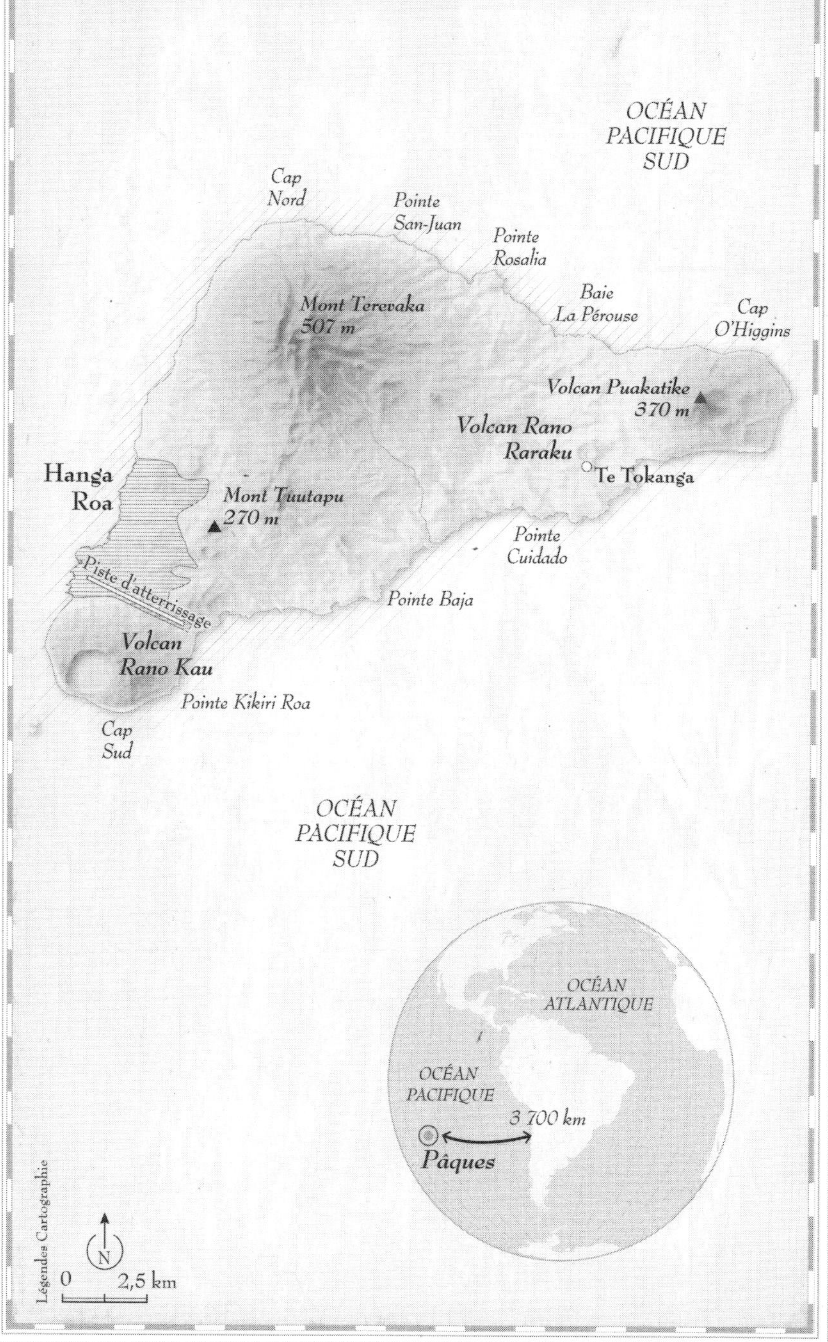

Voici l'île la plus isolée de toutes, celle qui ne compte pas âme qui vive à moins de 2 000 kilomètres. De l'océan, rien que de l'océan. Nul ne devrait en avoir entendu parler. Et pourtant tout le monde la connaît puisqu'il s'agit de l'île de Pâques. Les Pascuans ont eu cette idée curieuse d'orner leurs rivages de statues gigantesques, les *moaïs*, que nul ne peut oublier quand il les a une fois regardées.

L'île de Pâques est donc connue. Mais ce n'est guère qu'un nom à mettre sur une carte postale. Car pour percer à jour les secrets de l'île et de ses habitants, c'est bien une autre affaire. Il faut beaucoup chercher sans vraiment trouver. Ainsi les chercheurs qui prétendent reconstituer son passé et comprendre son présent plongent-ils dans un univers aussi saisissant qu'insaisissable. Dans les années 1960, le fantastique, qui se plaçait en concurrent de la science, avait investi l'île mystérieuse et faisait appel à des « pouvoirs inconnus », des « forces extraterrestres » pour manœuvrer, comme par enchantement, cette statuaire monumentale. Nous n'en sommes plus là mais l'énigme est loin d'être résolue et les controverses sont toujours vives à l'ombre des *moaïs*.

Pourquoi et comment quelques milliers de personnes, coupées de tout et de tout le monde, enfermées sur une petite île de 170 kilomètres carrés, entreprirent-elles de sculpter et de mettre en place un millier de statues faisant, en moyenne, quatre mètres de haut et dix tonnes de poids ? Une entreprise colossale à l'échelle d'une si petite communauté qui, en outre, a supporté de bien tristes vicissitudes.

Le mystère de l'île de Pâques fait partie de ces « têtes de gondole » qui attirent le grand public vers l'archéologie : la pyramide de Khéops, la guerre de Troie, l'invention de l'écriture, le peuplement de l'Amérique, etc. Cette popularité ne doit pas dévaloriser le thème : le questionnement résiste à la célébrité tout comme les chefs-d'œuvre au surtourisme. L'île de Pâques, derrière sa galerie de statues, cache une série d'interrogations, de disputes entre scientifiques et, surtout, met en place un véritable piège anthropologique entre un passé culturel trop riche et une approche moderne trop réductrice.

Entre l'Asie et l'Amérique

L'isolement de l'île est une réalité que le géographe américain et passionné de l'île aux *moaïs* Jared Diamond nous fait saisir en retraçant son voyage de

2002 : « Je suis arrivé par avion du Chili, mon vol a duré plus de cinq heures, toutes passées au-dessus de l'océan. [...] Au moment où, vers le coucher du soleil, le petit point qu'était l'île de Pâques est finalement apparu devant nous dans la lumière du couchant, je commençais à me demander si nous parviendrions à trouver l'île avant la tombée de la nuit et si notre avion avait assez de carburant pour pouvoir rentrer au Chili si nous passions au-dessus de l'île sans la voir [1]. » Vingt ans plus tard, tout l'environnement moderne est disponible sur l'île. Mais cette greffe de la modernité n'apporte toujours pas les réponses recherchées, et les authentiques descendants du peuple rapanui sont de moins en moins nombreux, tandis que les touristes deviennent la nouvelle espèce proliférante qui envahit cette île mythique.

Un tel isolement fait du peuplement une énigme quasi incompréhensible. Les différentes méthodes de datation fixent autour de l'an mille, peut-être 1200 de notre ère, l'arrivée des premiers hommes. Que des navigateurs hardis, des pêcheurs égarés aient atteint cette terre désolée, on peut le comprendre pour autant que les siècles écoulés donnent toutes ses chances au hasard. Encore faut-il assurer un peuplement. Pour s'installer sur une île, il faut lancer une expédition avec femmes, enfants, plantes, animaux, etc. Cela nous semble vertigineuse car, dans le

1. Jared Diamond, *op. cit.*, p. 111.

Pacifique, les distances se comptent en milliers de kilomètres. Mais les marins polynésiens excellaient autant par la qualité des bateaux que par les techniques de navigation. Un jugement que confirme l'archéologie expérimentale, notamment la navigation sur des bateaux construits à l'ancienne utilisant ces techniques ancestrales.

L'île pascale était tout de même très isolée et n'a pas entretenu beaucoup d'échanges avec les autres. Lorsque les Pascuans d'origine, les Rapanuis, s'interrogeaient sur leurs propres origines, ils racontaient que le premier roi, Hotu Matu'a, accosta avec deux navires, en compagnie de sa sœur Avareipua, sur la plage d'Anakena et devint le premier *Ariki Mau* (roi) de l'île. Une origine légendaire qui laisse sans réponse la vraie question : d'où venaient ces primo-arrivants ? D'Asie ou d'Amérique ?

La dispute prit un caractère spectaculaire avec l'expédition du *Kon-Tiki* réalisée par Thor Heyerdahl en 1947. L'anthropologue norvégien put démontrer qu'en naviguant sur un simple radeau, il était possible d'atteindre les îles polynésiennes des Tuamotu en partant des côtes américaines. Cela accrédita la thèse d'un peuplement à partir du continent américain. La suite, notamment la génétique, a démontré que les populations polynésiennes sont venues de l'Asie via l'Indonésie, ou de la Sibérie via le détroit de Behring. Un point de départ est signalé dans les îles Marquises par ces statues partout présentes, les *tikis*, qui préfigurent les *moaïs*.

La dernière étape sur ce très long chemin fut sans doute Pitcairn, où les fouilles archéologiques ont mis au jour des traces de campements. Pour le confirmer, une pirogue construite sur les modèles anciens a pu naviguer en 1999 de l'île Mangareva (proche de Pitcairn) jusqu'à l'île de Pâques en dix-sept jours. Ces traversées, qui nous semblent aujourd'hui relever de l'exploit, faisaient sans doute partie des itinéraires possibles il y a mille ans, lorsque les navigateurs polynésiens régnaient sur l'océan Pacifique.

Avec cette pratique de la navigation sur de grandes distances, ces populations ont atteint les côtes américaines. Une équipe de chercheurs a voulu en avoir le cœur net et, pour cela, ils ont étudié 15 squelettes qui se trouvaient au musée de l'Homme, à Paris, provenant de l'île de Pâques et remontant au XVIIe siècle. Les représentants de tribus indiennes d'Amérique du Sud ayant eu connaissance de ces vénérables reliques en réclamèrent la restitution. Non sans raison. Cette étude a révélé que des contacts avaient bien eu lieu entre les peuples de l'océan et ceux du continent. Des « contacts » suffisamment poussés pour laisser une trace chromosomique. « Nous le savions », déclarèrent les autochtones américains en prenant connaissance du résultat. Mais il faudrait aller plus loin et savoir quelle influence les Incas purent avoir sur les Pascuans. Et réciproquement. Peut-être aurons-nous un jour la réponse, mais aujourd'hui nous n'en sommes qu'aux spéculations.

Apparemment, c'est à partir du XIVe siècle que les habitants de l'île se lancèrent dans la fabrication des *moaïs*. La mise en œuvre d'un tel projet implique un puissant ordre civilisationnel. Or les Européens ne virent rien de semblable en débarquant sur l'île au XVIIIe siècle.

Une île sans intérêt

Le jour de Pâques 1722, le navigateur hollandais Jakob Roggeveen accoste avec trois navires sur cette île inconnue et la baptise « Paasch-Eyland » (île de Pâques). Dans son journal de bord, il évoque l'attitude méfiante des autochtones. Une hostilité qui se termine par une bataille rangée dans laquelle les Hollandais, grâce à leurs mousquets, ont l'avantage et tuent une dizaine d'indigènes. Cette réaction de rejet était prémonitoire car ce contact avec les Européens était bien un désastre pour le peuple rapanui, qui ira de malheur en malheur dans les deux siècles suivants.

Les premiers explorateurs débarquent sur une île désolée, sans grand intérêt. Une végétation rabougrie, pas un arbre, une population démunie ne disposant d'aucun bateau capable d'affronter l'océan, d'aucune cité digne de ce nom ; quant aux statues, elles n'étaient pas érigées comme on peut les voir aujourd'hui, mais couchées par terre, comme abandonnées. Tout sauf une brillante civilisation. L'image assez déprimante d'un peuple qui survit à son histoire dans la pauvreté sinon dans la misère. Visitant l'île cinquante ans plus tard, le fameux navigateur britannique James Cook eut une réaction très négative : « Aucune nation ne combattra jamais pour l'honneur d'avoir exploré l'île de Pâques », écrit-il sur son livre de bord.

Les expéditions suivantes renforcèrent ce curieux mélange de grandeur et de déchéance. L'existence de cette fantastique statuaire se confirmait. Près d'un millier de personnages, mais dans quel état ? Certainement pas en majesté comme ils auraient dû l'être. Dans la configuration initiale, les statues étaient dressées sur d'énormes plateformes de pierres, les *ahus*, le dos à la mer. L'architecture de type sacré donne à penser que le lieu était appelé à devenir un complexe funéraire. On a identifié ainsi plusieurs centaines de *ahus* dont 25 de grande taille. Qui plus est le *moaï* pouvait avoir sur la tête une sorte d'énorme bonnet-couronne rouge, le *pukao*, qui, à lui seul, pèse encore des tonnes.

Imaginons maintenant la grandeur, la splendeur de ce qui aurait pu devenir un ensemble architectural, sacralisant en quelque sorte cet espace assez réduit. Avec, en gardiennes du lieu, des statues dont certaines atteignant 20 mètres de haut. Des personnages majestueux sur fond d'océan se seraient ainsi dressés dans toutes les directions. La civilisation rapanui avait vocation à s'affirmer dans son architecture statuaire tout comme la civilisation chrétienne dans les clochers des villages et les flèches des cathédrales. C'eût été grandiose. Voilà ce qui était en construction et qu'on ne verra jamais. Car cette vision de l'architecture sacrée que nous avons héritée de notre histoire, qui nous fait vénérer les sanctuaires sans partager les croyances, n'est pas du tout celle des Rapanuis. Un décalage entre eux et nous qui entretient le mystère de l'île de Pâques.

Les 15 *moaïs* superbement alignés de Tongariki nous donnent une idée du choc qu'on aurait éprouvé devant l'ensemble des monuments placés en majesté. À cette réserve que c'est la technique industrielle qui, tout récemment, a terminé le travail des Rapanuis en disposant ainsi ces personnages à l'aide de grues. Dans l'état où ils avaient été laissés, on ne voyait qu'un entassement informe de grosses pierres. Dans toute l'île, les statues semblaient à l'abandon, les unes couchées au bord du chemin, les autres émergeant de terre à hauteur de la tête, d'autres encore semblant en cours de fabrication. Aucun ordre visible ne présidait à leur disposition, elles avaient été laissées là où elles étaient.

Les chantiers se trouvent essentiellement le long du volcan Rano Raraku car les statues sont fabriquées dans sa roche volcanique très aérée, le tuf, plus facile à travailler, plus légère à transporter. Cela dit, certaines ébauches sont tellement énormes que l'on ne comprend pas comment elles auraient pu émerger de cette sorte de « cale sèche » où elles prenaient forme. La première impression, car nous ne faisons là que la découverte, est donc celle d'un projet grandiose brutalement interrompu. Et cette interruption a précédé, et non pas suivi, l'arrivée des Européens. Ce sont les Rapanuis seuls qui ont voulu faire de leur pays ce temple des *moaïs*, puis qui n'en ont plus voulu. Comment expliquer ce rêve magnifique et ce réveil déconcertant ? Pour tenter de comprendre, il faut reprendre toute l'histoire.

Deux versions pour une histoire

Le changement entre ce qui était en devenir et ce qui a été découvert est évident. Le projet *moaïs* représente pour l'île de Pâques l'équivalent du projet pyramides pour l'Égypte pharaonique : il suppose une mobilisation de toute la population. Il ne nécessite pas seulement que les habitants fassent un travail, mais qu'ils se mettent tout entiers au service de ce projet. En effet, les difficultés techniques sont effarantes. Comment déplacer, puis redresser et transporter des statues qui pèsent au minimum 10 tonnes et souvent le double sans les éborgner, alors qu'elles sont faites d'une pierre volcanique très fragile, qui est marquée au moindre choc et qu'on ne dispose ni d'un animal de trait, ni d'un véhicule ni même de la roue ?

La force humaine est la seule disponible. Elle peut certes accomplir des miracles mais à condition de se multiplier, de devenir la force de plusieurs dizaines ou centaines d'individus. Encore faut-il une coordination parfaite pour que ces forces s'additionnent. Les gestes doivent avoir été longuement répétés, les efforts parfaitement synchronisés. Pour y parvenir, les participants doivent être totalement disponibles et se mettre au service de ce seul projet. C'est alors que des prouesses peuvent être accomplies à mains nues, des prouesses qui sont la caractéristique des civilisations mégalithiques.

Pendant des millénaires, l'homme s'est attaqué au défi des grosses pierres. De Malte à l'Écosse, du Danemark à la Bretagne, ces civilisations ont jeté leur dévolu sur des pierres énormes, démesurées par rapport à la force musculaire humaine. Ils les ont déplacées, parfois sur des dizaines de kilomètres. N'a-t-on pas découvert récemment que certaines pierres de Stonehenge viennent des collines de Preseli, dans le sud-ouest du Pays de Galles, à plus de 225 kilomètres ?

Autant de prouesses dont l'homme moderne se décharge sur ses esclaves techniques. Pour déplacer une statue de 4 mètres pesant 10 tonnes sur une dizaine de kilomètres, il nous faut un camion. Faute de quoi, nous ne savons pas faire. Et toutes les statues qui sont aujourd'hui redressées l'ont été grâce à des grues. Notons encore que les plus récentes recherches ont révélé que beaucoup de *moaïs* ne sont pas de simples têtes mais qu'en les dégageant on découvre le corps qu'on ne voyait pas lorsqu'il était enterré.

Pour reconstituer l'histoire ancienne, les scientifiques ont cherché des solutions faisant abstraction de nos techniques. La plupart des chercheurs pensent que les Pascuans ont fait glisser les statues sur des rondins, mais ils divergent sur l'utilisation qui en fut faite. Les rondins étaient-ils un substitut de la roue ou de la route ? Dans le premier cas, la statue roule sur les rondins, que l'on replace sans cesse devant elle. Dans le second, ils permettent de tracer des « routes de bois », comme on dit des « chemins de fer ». Ces deux méthodes supposent de solides cordes pour attacher la statue – elles se fabriquent à partir de l'écorce des grands cocotiers – et ensuite une belle cohorte de forts à bras pour tirer tous ensemble, au commandement, comme une armée manœuvrant à la parade.

Récemment, des « pascologues » ont imaginé une autre solution : faire marcher les *moaïs*. Dans ce cas, tout se joue à la verticale. La statue repose sur une base arrondie qui lui permet de pencher tantôt d'un côté, tantôt de l'autre. De grandes cordes sont attachées à la hauteur des oreilles, des cordes très longues pour qu'un nombre suffisant de tireurs puissent les attraper. Outre celles nouées sur les côtés que l'on peut tirer de biais, il y a toujours une corde à l'arrière qui peut retenir la statue si elle menace de chuter vers l'avant. Si l'on exerce la force exactement dans la bonne direction, la statue penche sur l'avant droit, puis sur l'avant gauche en effectuant un mouvement rotatif qui la fait progresser. Ainsi, pas à pas, le *moaï* avance. Cela semble très acrobatique mais des équipes de recherche ont fait l'essai. Elles ont fabriqué un *moaï*, ont fixé les cordes, ont tiré de façon bien synchronisée et l'« alter *moaï* » a marché. Lentement, certes, mais de façon régulière.

Les deux méthodes sont envisageables mais dans tous les cas, il faut mobiliser durant des centaines d'heures des centaines de travailleurs. À supposer que ces techniques aient pu être opérationnelles il y a quelques siècles, il faudrait encore trouver laquelle fut effectivement utilisée.

Ajoutons qu'il faut organiser ces chantiers, former des tailleurs de pierre et des sculpteurs, fabriquer des cordes et des leviers, assurer pour ce personnel la nourriture, les vêtements, le logement, etc. C'est toute la société qui doit s'impliquer pour fabriquer, transporter et mettre en place les *moaïs*. Il ne s'agit pas d'un projet parmi d'autres, mais du projet fédérateur qui mobilise tout un peuple. Comment obtient-on une telle adhésion ? Il faut évidemment lui donner une dimension socioreligieuse. La société égyptienne avait développé une mythologie très subtile qui mettait l'individu au service du pharaon. Les Rapanuis doivent avoir fait de même, mais ne nous ont pas laissé de temples à la gloire de leurs divinités. Rien que des schémas gravés au dos de certains *moaïs*.

La construction de cette statuaire géante est l'expression d'une croyance générale en des valeurs auxquelles l'individu doit beaucoup sacrifier. On sait que l'organisation sociale de cette société était très complexe et très subtile, donnant à chaque clan sa place et sa marque de reconnaissance. Mais ces savoirs, comme la religion de ces peuples, nous sont très mal connus. Nous ne savons toujours pas ce que représentent les *moaïs* ni pourquoi ils ont été construits. Le consensus des explorateurs y voyait les grands ancêtres, les personnages importants dont on voulait garder la protection. C'était trop évident pour être vrai.

Le plus simple serait de puiser dans la mémoire des anciens. En parlant à des octogénaires qui répercutent les souvenirs de leurs grands-parents, on peut remonter assez loin dans le passé. Nous avons des témoins héritiers de plusieurs générations, des gens dont la famille vit depuis des siècles avec ces statues. Certains devraient avoir conservé le secret des origines. Or, pour incroyable que cela paraisse, le dépositaire fiable de la mémoire historique manque toujours à l'appel. Aux dernières trouvailles, les *moaïs* pourraient signaler les points d'eau, à moins qu'ils ne soient là pour stimuler la fertilité de la terre. Il se pourrait aussi que leur signification ne soit pas toujours restée la même.

Les malheurs d'un peuple

Les Pascuans avaient-ils les ressources humaines pour un tel projet ? Il y a mille ans, la première expédition qui put atteindre l'île devait compter une centaine de personnes. Combien étaient-ils cinq siècles plus tard ? On a longtemps cru qu'il fallait une population très nombreuse et certains avancèrent des chiffres très élevés : 15 000 voire 20 000 personnes.

Les plus récentes études ont revu ces chiffres à la baisse. D'une part, l'île n'aurait jamais pu nourrir un si grand nombre d'habitants ; d'autre part, il n'a jamais été nécessaire d'avoir une main-d'œuvre si nombreuse. En définitive, la population a dû fluctuer entre 3 000 et 5 000 personnes.

En revanche, elle a subi une baisse dramatique qui n'a pas précédé mais a suivi l'arrivée des Européens. Le premier désastre fut sanitaire. Schéma classique : un peuple immunisé transmet ses microbes à une population qui ne possède pas de défenses immunitaires ; c'est ainsi que se propagent des maladies : variole, syphilis, tuberculose, typhoïde, etc. Maladies qui, dans ces conditions, deviennent très souvent mortelles.

Cette attaque des microbes a été suivie par celle des esclavagistes. À partir des années 1860, ils organisèrent depuis le Chili des raids pour s'emparer de Pascuans qu'ils allaient ensuite revendre pour le travail du guano. Mille quatre cents personnes, soit la moitié de la population, furent ainsi razziées. Les conditions de cet esclavage furent épouvantables. Les plus âgés, ceux, précisément, qui connaissaient cette culture, n'y résistèrent pas. Finalement, face aux protestations internationales, une quinzaine de survivants furent rapatriés. Ils ne rapportèrent pas la connaissance des cultes ancestraux mais le virus de la variole. Dans les années 1870, l'explorateur français Alphonse Pinart ne trouva plus que 111 Rapanuis. La mémoire d'un peuple avait disparu, il ne restait que des bribes d'histoires, des lambeaux de croyances qui, sortis de leur contexte, ont perdu leur sens et dont on ne sait jamais s'il s'agit de souvenirs venus d'un lointain passé ou d'inventions destinées à fabriquer ce lointain passé.

Pour compléter l'horreur de l'esclavage vint le règne du mouton. C'est au début du XXe siècle qu'une société chileno-écossaise, la compagnie Williamson-Balfour, obtint un bail de vingt-cinq ans pour consacrer l'île à l'élevage ovin. Soixante-dix-mille moutons furent lâchés dans la nature tandis que les habitants étaient tous parqués – pour ne pas dire emprisonnés – dans le village d'Hanga-Roa. La biodiversité fut sacrifiée au profit de la monoculture, avec les conséquences que l'on imagine pour l'environnement. Ce règne du mouton dura jusqu'en 1953.

Il manquait aux derniers Pascuans la compréhension globale qui permet de retrouver la cohérence dans le grand bazar des vestiges épars. Aujourd'hui, les authentiques représentants du monde rapanui se sont regroupés et luttent pour la survie de la culture ancestrale. Concrètement, ils doivent réfréner les *contis*, entendez les Chiliens et autres Américains qui surfent sur la vague touristique et feraient bien de l'île un Disneyland pascal qui gagnerait en rentabilité ce qu'il perdrait en authenticité. C'est donc à partir de ce matériau très incertain qu'il faudrait reconstituer l'histoire. En sachant que l'épigraphie ne peut être d'un grand secours dans cette civilisation essentiellement orale.

Le travail scientifique a tenté de reconstituer l'histoire grâce aux éléments connus et en dépit des éléments manquants. En vérité, il a proposé différentes versions qui s'améliorent au fil des découvertes. La trame du scénario comporte des passages obligés. Tout d'abord, la déforestation et la réduction de la biodiversité. L'archéologie a prouvé, par l'étude des pollens, que les premiers arrivants trouvèrent des arbres magnifiques, notamment des palmiers géants. Mais cette forêt s'étiola et disparut peu à peu. Cette perte de l'arbre fut dramatique car elle entraînait la perte du bois. Sans lui, il n'était plus possible de construire des bateaux de pleine mer ni de véritables maisons, de déplacer les *moaïs*, de faire du feu, de cuire des aliments, de se chauffer… Lorsque l'arbre disparaît, tout le mode de vie se trouve bouleversé du mieux vers le pire. La société même peut se défaire. Reste évidemment à déterminer les causes et les conditions de cette déforestation.

Autre passage obligé : l'abandon des *moaïs*. On l'a vu, le grand projet statuaire est, à tout le moins, en panne et cela avant l'arrivée des Européens. Quelles furent les raisons de ce changement politico-religieux majeur ? Nouvelles croyances, guerre des clans et destruction des statues ? La société rapanuie que nous découvrons n'est pas une société bien installée, elle vit un virage civilisationnel.

Peut-être avons-nous la clé de l'énigme entre les mains avec 25 textes gravés sur du bois et que nous ne savons pas lire. Voilà assurément le mystère du mystère. C'est en 1864 qu'un missionnaire français, Eugène Eyraud, découvre ces inscriptions. On reconnaît des signes, des combinaisons de signes, bref toutes les caractéristiques d'un texte écrit. Mais cela ne ressemble à aucune écriture connue. Ces inscriptions ont résisté à toutes les tentatives de déchiffrement et sans doute résisteront-elles encore car les déchiffreurs n'ont pas un nombre de textes suffisant pour retrouver le sens des inscriptions. S'agit-il d'une véritable écriture ou, plus simplement, d'un système de signalisation, disons une proto-écriture ? On ne sait, mais l'existence de ce langage, baptisé Rongo-rongo, est en soi extraordinaire. La datation du bois le situe autour de 1450 ans. C'est dire qu'il est antérieur à la découverte de l'île par les Européens, qu'il ne peut pas avoir pris pour modèle une écriture existante.

Le peuple rapanui n'a pas forgé son écriture, il a inventé l'écriture. Événement considérable qui ne s'est produit que quatre fois dans l'histoire de l'humanité. D'ordinaire, les peuples ne partent pas de rien, ils ont connaissance d'un système d'écriture et inventent le leur. Comment imaginer qu'une toute petite communauté, perdue au bout du monde, ait réussi, à elle seule, l'exploit d'imaginer un système de signes écrits capable de consigner la parole ? Si même ils ne sont arrivés qu'à un système mnémotechnique sophistiqué, c'est tout bonnement stupéfiant.

Les scénarios du malheur

La recherche nous offre deux types d'hypothèses fort dissemblables, qui furent largement médiatisées. La première conduit à un scénario cataclysmique avec des changements très brutaux : surpopulation, déforestation, famines, guerres, désastres climatiques, etc. Les catastrophes sont partout dans la population comme dans l'environnement, les causes peuvent être politiques ou naturelles. Dans tous les cas, le peuple rapanui fut dépassé par les défis auxquels il devait faire face. Jared Diamond, encore lui, s'est fait le champion de la théorie d'un suicide collectif du peuple rapanui : un écocide.

Scientifique, formé à Cambridge, Harvard et UCLA, Jared Diamond a mené une carrière tout à fait atypique, partant de la médecine et de la physiologie, puis déviant vers l'écologie et l'anthropologie pour finalement se dire géographe. Un parcours parsemé de livres fondés sur des enquêtes de terrain, destinés au grand public, qui rencontrent un succès mondial avec un grand retentissement. Il se situe entre le chercheur, le reporter, le philosophe, le journaliste – disons que c'est un entrepreneur de la science, un savanturier. Un tel personnage ne peut qu'irriter les chercheurs académiques, qui se font un devoir de réfuter toutes les idées qu'il peut avancer sans toujours mesurer l'intérêt des débats qu'il peut susciter.

Dans son ouvrage à succès, *Effondrement*, paru en 2005, il s'est longuement attardé sur l'île de Pâques :

« L'exemple le plus flagrant d'une société qui a contribué à sa propre destruction en surexploitant ses ressources [1] », écrit-il sans détour. Diamond juge suicidaire le comportement des Pascuans et, afin que nul n'en ignore, il nous donne la moralité : « L'effondrement de la société de l'île de Pâques est comme une métaphore, un scénario du pire, une vision de ce qui nous guette peut-être [2]. »

Dans ces scénarios catastrophistes, les facteurs écologiques – sécheresse, raz de marée, etc. – sont secondaires par rapport aux comportements des hommes. Pour Diamond, ceux-ci ont transformé les *moaïs* en enjeu de pouvoir opposant les différents clans et leurs chefs. C'est à qui aurait les plus nombreux, les plus beaux, les plus grands. Cette course pour devenir le roi des *moaïs* aurait augmenté fortement les besoins en bois afin de fabriquer les cordes et les rondins. Les Pascuans, tout à la compétition interclanique, se sont lancés dans une folle surexploitation de leur capital arboricole. Jusqu'à la pénurie de bois déclenchant les accusations mutuelles, la violence. À partir de 1680, les militaires passent à l'action et jettent à bas les statues des adversaires. La société rapanuie se défait dans la confusion d'une guerre généralisée. « [Nous] avons fait le tour de l'île de Pâques, raconte Diamond, nous avons vu défiler un *ahu* après l'autre réduit à l'état de tas de pierres, avec des statues brisées [...] Nous nous sommes souvenus que c'étaient

1. Jared Diamond, *op. cit.*, p. 183.
2. *Ibid.*, p. 184.

les Pascuans eux-mêmes qui avaient détruit l'œuvre de leurs propres ancêtres, nous n'avons pu y voir qu'une immense tragédie [1]. »

Dans le monde rapanui, la politique n'est pas dissociable de la religion. Cette remise en cause brutale des *moaïs* devait s'accompagner d'un changement dans l'ordre des divinités. Effectivement, le culte des Ancêtres est remplacé par celui de Makemake, qui devient le Dieu suprême. Voici donc, rapidement résumée, une mise en récit qui reprend la déforestation, l'abandon des *moaïs*, le déclin de la civilisation rapanuie, et conduit à des épisodes de violence, des guerres tribales allant jusqu'au cannibalisme. Avec une lourde responsabilité que Diamond met à la charge des Rapanuis.

À l'opposé, on peut imaginer des scénarios apaisés, dans lesquels l'homme et la nature évoluent de conserve dans la recherche d'une adaptation permanente. Si telle avait été l'histoire, les Rapanuis auraient trouvé des réponses face aux pressions de l'environnement sans en venir aux déchaînements de violences, aux enchaînements de désastres.

Quel a été le rôle des Pascuans dans cette déchéance : plutôt responsables ou plutôt victimes ? Diamond ayant dressé un réquisitoire contre les Pascuans, les sciences humaines ne pouvaient faire moins que prononcer la plaidoirie. Étant entendu que dans un tel contexte tout argument peut se retourner dans

---

1. *Ibid.*, p. 168.

un sens ou dans l'autre. Pour ne prendre que cet exemple, on a trouvé beaucoup de grottes et de cavernes et l'on a constaté qu'elles avaient été habitées. Qu'en déduire ? Que les Pascuans ont vécu dans un monde en guerre et qu'ils se réfugiaient mieux dans ces abris naturels ou bien, au contraire, qu'après la disparition du bois, ils ont trouvé là une solution de rechange pour remplacer les maisons qu'ils ne pouvaient plus construire pour vivre paisiblement ?

Cette île dévastée reflète-t-elle la brutalité de l'affrontement ? Faut-il y voir le champ de bataille que décrit Diamond ? À première vue, le culte des *moaïs* paraît s'être interrompu de manière très soudaine. Du jour au lendemain, les Rapanuis ont cessé de fabriquer les statues, ont abandonné celles qu'ils transportaient. Tout cela évoque un climat de grandes tensions, de guerre civile. Et les bribes de récits qui sont venues jusqu'à nous font état de toutes sortes de violences.

La relativité rapanui

Voilà ce que découvre le regard du voyageur, du touriste, mais celui du chercheur considère les choses différemment, surtout s'il entend voir la paix là où d'autres ont voulu montrer la guerre. Les scientifiques investis dans les études pascales ont contesté, souvent vertement, les théories de Diamond. Par chance pour eux, l'auteur d'*Effondrement* a survendu ses idées et, par là même, prêté le flanc à la critique. Que des statues qui étaient dressées à la verticale se soient retrouvées couchées, on le sait car on distingue sur certaines les traces creusées par l'eau de pluie, ruisselant sur la pierre, or ces traces ne peuvent se former qu'en gardant pendant des années une position verticale. Faut-il pour autant imaginer qu'elles ont été brutalisées ? Sans doute pas.

Ces statues « horizontalisées » sont restées intactes. Le nez en particulier est en parfait état. Dieu sait que les statues antiques ont souvent perdu la face pour venir jusqu'à nous. Rien de tel pour les *moaïs*, bien qu'ils soient en cendre volcanique agglomérée, qui se conserve mal. Or, ils ont gardé leur appendice nasal en tombant sur le ventre. On a manifestement pris soin de protéger le nez pointu et, lorsque la tête est coupée, c'est à la suite d'un porte-à-faux et elle reste en place, sans être fracassée.

Résumons : ces statues ont bien perdu la position majestueuse qu'elles avaient sur leur plateforme mais elles ont été traitées avec respect : rien à voir avec la rage qui fait détruire la statuaire dans les conflits religieux.

En outre les *ahus*, ces plateformes sur lesquelles étaient dressés les *moaïs*, ont été profondément remaniées, non pas détruites mais transformées. Disons qu'elles ont cessé d'être des tribunes d'ostentation pour devenir des nécropoles. Or ce changement ne semble pas s'être opéré dans la brutalité. Pour ne prendre qu'un exemple, des *moaïs* furent soigneusement couchés pour devenir le plafond protecteur de la tombe. Quant aux *moaïs* « inachevés », beaucoup semblent « inachevables ». Notamment le plus grand de tous, Te Tokanga, qui fait plus de 20 mètres, doit-on dire de « long » ou de « haut » ? Et qui doit peser quelque 200 tonnes. Que pourrait-on en faire ? Beaucoup sont placés dans une position qui aurait rendu quasi impossible la finition et le transport vers un site lointain.

La plupart de ces ébauches se trouvent sur les flancs du volcan Rano Raraku, la carrière des *moaïs*, et l'on a le sentiment qu'elles étaient destinées à y rester. Il est vrai que l'éparpillement des outils évoque un arrêt très brutal. Selon un scénario que décrit l'anthropologue belge Nicolas Cauwe, la carrière serait devenue sanctuaire. Dans sa nouvelle vocation, un tabou aurait interdit de faire de nouvelles statues tandis que toutes les ébauches restaient en place, peuplant le volcan d'une population qui le consacre et le protège.

Plus les chercheurs entrent dans le détail et plus ils ont le sentiment d'une différence fondamentale de paradigme qui rend très difficile la compréhension entre cette pensée et la nôtre. Dans notre système, ce qui est essentiel doit être immuable, seul le superficiel vit dans le changement. Nous avons gravé « Liberté, Égalité, Fraternité » sur le fronton de nos mairies et il ne faudrait rien moins qu'une révolution pour changer la devise nationale. Nicolas Cauwe, qui a consacré dix années à fouiller l'île de Pâques, constate que : « L'inamovible et le définitif ne semblent pas être des notions d'importance pour les Pascuans anciens [1]. » Ils conservent les statues et les monuments mais les modifient et leur donnent un sens différent. Et cette adaptabilité se retrouve dans le domaine religieux. Les Rapanuis semblent être passés sans difficulté d'un culte des ancêtres qui soude chaque clan à celui du dieu Makemake qui, au contraire, unifie tout le peuple.

Autre exemple beaucoup plus significatif : les Rapanuis étaient le seul peuple polynésien à pratiquer la crémation, or, par pénurie de bois ou pour toute autre raison, ils se mettent à l'inhumation. Et cela ne semble pas leur poser un cas de conscience. Il est vrai qu'aujourd'hui, dans nos sociétés, nous faisons le chemin inverse, en recourant de plus en plus à la crémation sans que cela provoque de grands déchirements. Mais les deux civilisations n'ont pas la même vision de la mort. Pour les Pascuans, il s'agit de l'institution sociale majeure. Les *moaïs* ont d'abord participé d'un culte des ancêtres qui, semble-t-il, constituait l'essentiel de leur spiritualité. À l'opposé, notre société repose sur l'oubli de la mort et des morts. Nous avons supprimé tout le cérémonial qui entourait le décès, et les pompes funèbres ne savent plus quoi inventer pour se fondre dans le paysage. Une boutique comme les autres, une voiture comme les autres et le deuil qui se porte juste le temps de la cérémonie. Du

1. Nicolas Cauwe, *Île de Pâques, le grand tabou : Dix années de fouilles reconstruisent son histoire*, Ixelles, Versant Sud, 2011.

slogan américain « Mourez, nous ferons le reste », nous avons fait une règle de vie. Pour des peuples traditionnels, au contraire, la question est essentielle et cette réponse caractérise une civilisation.

L'ÎLE DE LA CONTROVERSE

Comment comprendre que les Rapanuis semblent encore plus accommodants que nous sur un tel sujet ? Qu'ils recyclent des pierres, présumées sacrées, d'un monument à l'autre ? Peut-on imaginer un peuple traditionnel aussi mouvant, aussi malléable sur le plan matériel que culturel ? Entre le scénario d'intolérance, de violence que propose Diamond et cet autre d'adaptation et d'évolution que présentent les chercheurs, comment choisir ? Comment ne pas voir que ce que nous avons envie de voir ?

Face aux *moaïs*, nous éprouvons un sentiment d'éternité, pour les statues comme pour ce qu'elles signifient. En cédant à ce sentiment tout à fait banal, je vois derrière les rangées de statues dos à la mer un ordre séculaire qui fige l'espace et le temps dans un système impératif de croyances. Cette façon de raisonner qui met de l'ordre dans le paysage n'a sans doute pas grand-chose à voir avec celle des anciens Pascuans.

Voilà pourquoi l'île de Pâques se prête si bien à la controverse. En s'offrant aux regards sans nous laisser le mode d'emploi, elle a réussi à diviser la science entre catastrophistes et évolutionnistes. Or, ces deux récits ne sont pas indifférents par rapport à notre propre civilisation. Nous avons vu que Jared Diamond ne résiste pas à l'envie de transposer dans notre monde les enseignements qu'il tire de l'histoire rapanuie. Nous avons nous-mêmes ressenti cette tentation tout au long de ce voyage, de Nauru à Tristan da Cunha, de Tikopia à Pitcairn ; elle est naturelle, mais elle peut être dangereuse. La recherche scientifique se veut objective. Elle poursuit ses investigations sans préjuger de ses découvertes. Seront-elles bénéfiques ou maléfiques, bienvenues ou gênantes ? Il n'importe. La vérité seule doit être prise en considération.

Face aux *moaïs*, nous éprouvons un sentiment d'éternité, mais pouvons-nous décider que cette façon de raisonner est aussi celle des anciens Pascuans ? Et, sur cette ambiguïté, nous trouverons toujours des faits en contradiction avec nos hypothèses. C'est, par excellence, le très riche chantier scientifique propre à entretenir d'inépuisables interrogations.

Le péché colonial

Le peuple rapanui a connu une phase de splendeur puis une phase de déclin qui le fait vivre dans un environnement décalé, comme ces héritiers désargentés qui occupent le château ancestral mais ne peuvent plus l'entretenir. Il convient donc de combler le vide entre la période glorieuse de la civilisation pascuane et sa situation actuelle.

Ce complexe de culpabilité qu'éprouvent les chercheurs face aux populations « colonisées » explique l'alacrité dont ils font preuve pour réfuter les thèses de Jared Diamond.

Les Rapanuis sont-ils responsables de la déforestation ? La question n'a pas grand sens. Le fait est que les Pascuans ont eu besoin de bois et que l'arbre a disparu. Ont-ils fait un usage déraisonnable des ressources naturelles ? On peut le penser mais, une fois de plus, nous regardons à petite échelle, en pleine lumière, ce que la mondialisation nous interdit de voir aujourd'hui dans nos sociétés. Sur une si petite île, dans un si petit monde, la moindre pénurie peut avoir des conséquences dramatiques. Impossible de l'ignorer. Mais le monde industriel fait bien pire. Depuis longtemps, les mouvements écologiques ont démontré que les prélèvements et les rejets de la société industrielle sont insupportables pour notre planète. Nous le savons, nous le mesurons… et nous sommes incapables de réduire notre consommation. Il est donc également absurde de faire la morale aux sociétés traditionnelles et inutile de pratiquer l'autoflagellation. Nous devons tirer les enseignements de ce qui s'est passé pour préparer l'avenir plutôt que rejouer éternellement la pièce qui n'était déjà pas très bonne à la première représentation. L'île de Pâques est là pour nous donner deux enseignements. D'une part : « Évitez de surexploiter votre environnement », et, si vous n'avez pu l'éviter : « Pratiquez des formes de vie écologiques. » Le mystère de l'île de Pâques tient peut-être en deux mots : inconscience et résilience… à l'ombre des *moaïs*.

Septième escale

CLIPPERTON ET TROMELIN

Les îles ratées

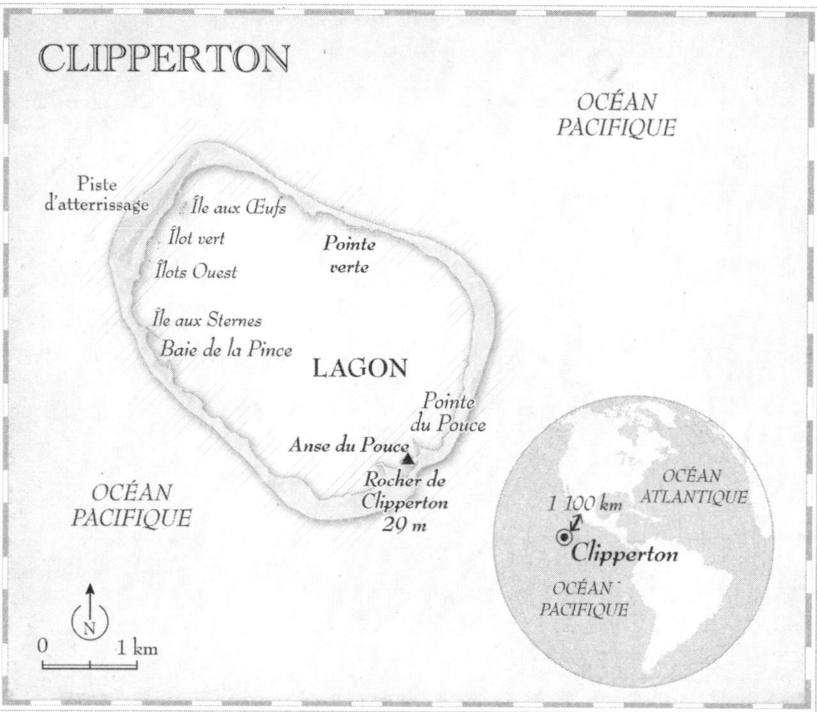
CLIPPERTON
OCÉAN PACIFIQUE
Piste d'atterrissage
Île aux Œufs
Îlot vert
Îlots Ouest
Pointe verte
Île aux Sternes
Baie de la Pince
LAGON
Pointe du Pouce
Anse du Pouce
Rocher de Clipperton 29 m
OCÉAN PACIFIQUE
N
0 1 km
OCÉAN ATLANTIQUE
1 100 km
Clipperton
OCÉAN PACIFIQUE

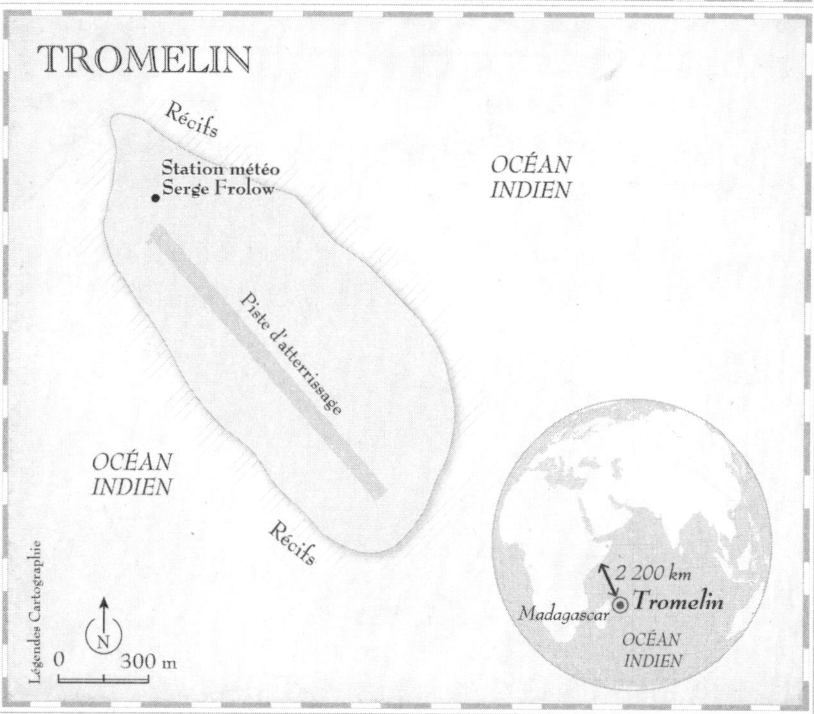
TROMELIN
Récifs
Station météo Serge Frolow
OCÉAN INDIEN
Piste d'atterrissage
OCÉAN INDIEN
Récifs
N
0 300 m
2 200 km
Tromelin
Madagascar
OCÉAN INDIEN
Légendes Cartographie

Dieu sait que les Français aiment les îles, leurs îles ! De la Corse à La Réunion en passant par la Martinique, la Nouvelle-Calédonie, Tahiti, etc. Ces extensions outremarines ne leur suffisent pas. Ils aiment savoir que nous possédons également, sur tous les océans, des terres désertiques : îlots, volcans, rochers, lagons, récifs, atolls, qui nous donnent le deuxième espace maritime au monde. Certes, c'est à peine s'ils ont entendu parler des îles Kerguelen, et ils ignorent absolument l'archipel Crozet, les îles Saint-Paul et Amsterdam, Europa, les îles Glorieuses. Ils ignoreraient toujours Mururoa et Fangataufa sans les essais nucléaires qui s'y sont déroulés. Il n'importe ! Les océans conservent les traces de feu notre empire.

Sur ces îles désertées et ignorées, vous ne trouverez pas d'habitants, tout au plus des « affectés ». Ils sont gendarmes, scientifiques, médecins et sont venus ici pour un certain temps, afin de poursuivre des recherches scientifiques ou d'affirmer la présence française. Ils sont attachés à ce qu'ils font, ils aiment cet environnement un peu sauvage, mais ils ne s'y sont pas installés, ce ne sont pas des îliens.

Ces îles sont-elles pour autant vides de mémoire, n'ont-elles jamais servi qu'à abriter d'obscures recherches ou à défendre de lointaines possessions ? Bref, sans l'arrivée des drapeaux et des canonnières, des garnitures et des garnisons, ne s'y serait-il rien passé ? Certainement pas. Ces îles, y compris celles qui sont aujourd'hui complètement abandonnées, sont riches d'histoires surprenantes, invraisemblables et, bien souvent, tragiques. Les îles naissent d'aventures qui peuvent mal se terminer. Mais, désertées, ignorées, abandonnées, elles gardent le secret de leur passé. Nous avons vu des îles chargées d'histoires, voici des îles qui, même dans leur dénuement, ont beaucoup de choses à nous dire.

UNE ÎLE POUBELLE

Prenons Clipperton, l'exemple même de l'île à l'abandon. Un atoll perdu dans le Pacifique nord. Pas une terre habitée à moins de 950 kilomètres. Peu de choses au reste : 12 kilomètres de circonférence, 1,7 kilomètre carré de surface émergée. Tout sauf un paradis, comme le reconnaît son plus ardent défenseur, le député centriste Philippe Folliot : « Les photos aériennes montrent un atoll correspondant aux clichés de l'île paradisiaque. Pourtant, la première chose qui frappe en posant le pied sur l'atoll est l'omniprésence des déchets [1]. » L'île est infestée par des millions de rats noirs et de crabes omnivores et toxiques, la végétation est en voie de disparition et le paysage porte la marque sinistre de l'abandon, avec toutes sortes de munitions laissées là après la Seconde Guerre mondiale, quelques vagues bâtiments délabrés, et les reliefs d'anciennes expéditions scientifiques, sans compter toutes les ordures que les courants océaniques déversent gracieusement sur le rivage. Évidemment pas âme qui survive. Mais, comme relève Philippe Folliot : « L'accumulation résulte directement de l'absence de gestion et de valorisation du site [...] il donne surtout une terrible image d'abandon et de saleté que ne manquent pas de médiatiser les expéditions étrangères et ceux qui dénoncent le désintérêt de la France pour ce territoire. » Car il reste un détail qui peut avoir son importance : Clipperton, c'est la France.

Cela ne s'entend pas. Le nom a plutôt une consonance britannique. De fait, il vient d'un corsaire anglais, John Clipperton, qui avait la réputation d'être un bon naturaliste. On retrouve sa trace au tout début du XVIIIe siècle, pendant la guerre de Succession d'Espagne. A-t-il repéré cette île, l'a-t-il visitée ? On ne sait trop. Mais le « trésor de Clipperton » était une fable qui courait et qui rendait attirant ce

1. Philippe Folliot, Christian Jost, *La Passion-Clipperton : l'île sacrifiée*, Saint-Pierre-de-Trivisy, La Bibliotèca, 2018, p. 43.

nom. Précisément, on se disputait sur le nom de cette île découverte par des Français en 1711. Le vendredi saint très exactement. En bons chrétiens, les commandants de bord, Matthieu Martin du Chassiron et Michel Dubocage, ne manquèrent pas de baptiser leur découverte « l'île de la Passion », la passion du Christ évidemment, et s'en emparèrent au nom de la Couronne. Mais au XVIIIe siècle les appellations étaient très fluctuantes, et l'île devint « La Passion-Clipperton ». Puis le nom du pirate l'emporta, on ne sait trop comment, sur la sainte Passion. Mais une loi de la République, en date de 2023, a consacré l'appellation de « La Passion-Clipperton ». Compliqué ! Nous dirons Clipperton tout simplement.

L'atoll est découvert, mais qui s'en soucie ? Qu'il soit « Passion » ou « Clipperton », il n'intéresse à peu près personne. Tout change au début du XIXe siècle, lorsque l'explorateur Alexander von Humboldt rapporte en Europe des échantillons de guano. Ce matériau, que nous avons déjà rencontré à Nauru, se trouve sur les îles côtières où il condense les déjections animales et retient de grandes quantités de nitrates et de phosphates, engrais nécessaire à l'agriculture moderne. Le guano, nous l'avons vu, rapporte gros et l'État péruvien va rafler dans les îles la main-d'œuvre dont il a besoin pour récupérer le précieux engrais. L'exploitation commence dans les années 1840 dans les îles Chincha. Les États-Uniens, qui entendent bien en être, adoptent le « Guano Islands Act » par lequel ils s'autorisent à prendre le guano partout où ils en trouvent. Sur Clipperton en particulier. Une richesse qui va susciter convoitises et querelles.

La France, qui considère Clipperton comme sa propriété, veut se lancer dans l'exploitation, mais elle bute sur de nombreuses difficultés, notamment pour effectuer le chargement des barques et transporter le minerai sur de telles distances. Elle renonce. En 1897, la marine française découvre que des Américains ont entrepris la production de guano sur Clipperton. Il n'y a là qu'une poignée de travailleurs face aux canons du navire *Duguay-Trouin*. Les Américains retirent leur drapeau et plient bagage. Mais la France n'en est pas quitte pour autant. Car les Mexicains ont repéré le gisement et, à la différence des Américains, ne doutent pas qu'il leur appartient. Ne sont-ils pas les plus proches ? À 1 000 kilomètres, il est vrai, mais c'est tout de même une moindre distance que les 5 400 kilomètres de Tahiti. Et, dans le Pacifique du XVIIIe siècle, les centaines de kilomètres ne sont jamais que des jours de pirogue. Les Mexicains envoient donc une équipe de travailleurs pour exploiter le filon. Ils introduisent sur l'atoll on ne sait trop comment le palmier et les porcs.

La pression mexicaine

À la fin du XIXe siècle, les Mexicains, et notamment le nouveau président Porfirio Díaz, n'entendent pas se contenter d'une concession de guano. Clipperton fait partie du Mexique et, comme telle, doit être occupée. Il envoie donc un détachement militaire d'une quinzaine d'hommes avec leurs familles. En 1910, la colonie comptera une centaine de personnes. C'est bien plus que l'atoll n'en peut nourrir. Tous les deux mois, un navire vient donc d'Acapulco apporter la nourriture nécessaire. À la tête de ce petit détachement se trouve un officier de 31 ans : Ramón Arnaud, un déserteur, qu'on envoie finir de purger sa peine dans cette prison sans barreaux. Le Président fait aussi construire un phare de 30 mètres de haut, dont le gardien inamovible sera Victoriano Álvarez. Retenez ce nom.

Le Clipperton mexicain est supportable, mais on connaît des villes de garnison plus agréables. La vie n'est ni réjouissante ni confortable ; encore faut-il que le ravitaillement soit assuré. Or, en 1911, intervient la révolution mexicaine qui entraîne la destitution de Porfirio Díaz. Le pays bascule dans la guerre civile. L'acheminement des vivres est oublié. La colonie doit tenter de vivre par elle-même en cultivant des potagers, en chassant des oiseaux… pas les crabes qui pullulent pourtant, mais ne sont pas comestibles. Les occupants sont devenus les « oubliés de Clipperton », sans le savoir. Ils essayent de subsister tant bien que mal. Le capitaine Arnaud rentre cette même année au Mexique mais reçoit l'ordre impératif de retourner sur place pour maintenir la présence mexicaine. Il revient donc à Clipperton avec un nouveau contingent. Quant aux gouvernements français et mexicain qui se disputent la souveraineté sur l'île, ils conviennent de s'en remettre à un arbitrage et choisissent curieusement le roi d'Italie pour trancher leur différend !

Les politiques s'engagent dans la voie diplomatique mais, à Clipperton, on meurt de faim. D'autant qu'un cyclone a détruit toutes les plantations visant à suppléer l'insuffisance du ravitaillement. Il a, en outre, fait chavirer une goélette qui vient s'échouer sur l'atoll. Dix bouches de plus à nourrir. Quatre naufragés se lancent sur la barque de sauvetage pour tenter de rejoindre Acapulco à la rame. Trois d'entre eux finiront par arriver pour demander du secours. Le navire américain *USS Cleveland* rejoint l'île, il pourrait évacuer tout le monde. Mais le capitaine mexicain est tenu par ses ordres et craint d'être accusé de trahison. Il décide de laisser une dizaine d'hommes et les familles.

La colonie est de nouveau oubliée, non ravitaillée. Pour le dernier carré mexicain, la situation se dégrade rapidement. La faim est impitoyable, le scorbut attaque. Lorsque les survivants voient passer un bateau au large, deux officiers se précipitent sur la dernière barque de sauvetage et tentent de l'atteindre. Ils font naufrage. Fin 1915, le navire *USS Lexington* accoste sans procéder à l'évacuation des habitants. La plupart des hommes sont morts du scorbut, ne restent que des femmes et des enfants. C'est alors qu'une terrible tempête tropicale balaye l'île. Les occupants ont tout juste le temps de se réfugier dans le sous-sol de l'unique maison. Lorsqu'ils peuvent enfin sortir, c'est pour constater que tout est détruit. Tout ? Hormis le phare d'où sort Victoriano Álvarez, le gardien. Seul homme avec quinze femmes, des jeunes filles et des enfants. Il s'empresse de détruire toutes les armes disponibles hormis les siennes et se proclame « roi de Clipperton ». Femmes et enfants sont réduits à l'état d'esclaves, d'esclaves sexuels bien évidemment. Il tue deux jeunes filles pour s'imposer aux autres. Pour elles, le martyre va durer deux ans. C'est alors que trois femmes réussissent à l'attaquer en le frappant à coups de marteau et de couteau. Elles tuent leur bourreau en 1917, juste au moment où se présente le navire américain *USS Yorktown*. Il ne pourra recueillir que les onze survivants : les trois femmes, une adolescente et sept enfants.

Les victimes vont comparaître devant le tribunal de Salina Cruz pour le meurtre de Victoriano Álvarez. Leur état de légitime défense sera reconnu et elles seront acquittées.

La ZEE

À Paris comme à Mexico, on veut tourner la page d'un livre que nul ne souhaite plus ouvrir. Au reste nous sommes dans les années 1930 et l'arbitrage diplomatique, qui a fait son chemin avec une infinie lenteur, arrive à son terme. La sentence est rendue par Victor-Emmanuel III le 28 janvier 1931 à Rome. Elle reconnaît que « la souveraineté sur l'île de Clipperton appartient à la France ». L'État mexicain ne conteste pas, mais l'opinion mexicaine n'admet pas. Ne suffit-il pas de jeter un œil sur la carte pour voir que Clipperton est beaucoup plus proche du Mexique que de la France ? Et ceux qui ont vécu sur l'île n'étaient-ils pas davantage mexicains que français ? Qu'est-ce qu'une souveraineté qui ne se traduit pas par une présence ?

Clipperton a cessé d'être l'île au guano, a même cessé d'être habitée lorsqu'éclate la Seconde Guerre mondiale. La marine américaine en voit l'intérêt stratégique contre les Japonais. Elle s'en empare sans autre forme de procès et vient y installer une base avec station météo et piste aérienne. Nous sommes en décembre 1944 et le général de Gaulle apprend la présence américaine sur l'atoll de la Passion. Son nationalisme ombrageux s'en accommode mal et il charge ses agents d'aller aux renseignements. Les Américains, sur leurs gardes, alertent les Mexicains pour bloquer les enquêteurs français. S'ensuit une incroyable partie de cache-cache avec arrestation d'officiers français sous fausse identité. En définitive, tout s'arrange entre militaires. Les Américains accueillent des officiers français qui viennent constater l'état d'occupation. Sur ces entrefaites, la guerre prend fin et les Américains rentrent chez eux en laissant tout en plan sur l'atoll.

En dépit de son état déplorable, Clipperton est devenue un centre d'intérêt non négligeable qui se résume en un chiffre : 436 000 kilomètres carrés de ZEE (zone économique exclusive). Il s'agit de l'espace au large des côtes dont l'État riverain se voit reconnaître la jouissance. Cette zone a été créée en 1982 par la conférence de Montego Bay sur le droit de la mer. Elle assure à l'État côtier la disposition de toutes les richesses vivantes ou minérales qui se trouvent dans une limite de 200 miles marins, soit 370,42 kilomètres, de ses côtes. Pour une terre ponctuelle comme Clipperton, il suffit de tracer une circonférence de 370 kilomètres de rayon centré sur l'atoll pour faire apparaître cette possession océanique. C'est considérable. La France métropolitaine, avec ses 551 000 kilomètres carrés, ne compte que 350 000 kilomètres carrés de ZEE. Nettement moins que la ZEE clippertonienne. Pour être tout à fait honnêtes, il faudrait se demander si, juridiquement, Clipperton est une île ou un rocher. Car dans un cas elle peut être au centre d'une zone exclusive et, dans le second, elle ne le peut pas. Mais qu'est-ce qu'une île ? Disons un lieu d'habitation. Notre atoll mérite-t-il cette reconnaissance ? Nous avons décidé que oui, et, à ce jour, nul n'a prétendu que non. Une question que ne se posent pas les trafiquants de drogue qui semblent avoir trouvé à Clipperton une escale très intéressante entre les lieux de production et les lieux de consommation.

À partir de cette « île poubelle », nous régnons donc sur un vaste empire maritime. De quoi flatter notre ego post-impérial. Les premières investigations ont révélé que cette région est très riche en ressources halieutiques, notamment le poisson le plus précieux : le thon rouge. Belle zone de pêche, mais à 10 700 kilomètres de nos côtes. Comment l'exploiter ? Comment empêcher que d'autres ne l'exploitent à notre place ? Faute de mieux, la France a cédé ses droits de pêche au Mexique qui les reconnaît en les acceptant. Des nodules polymétalliques tapissent le plancher océanique ici comme ailleurs. Tôt ou tard, ces concrétions riches en métaux recherchés seront exploitées. Pour l'heure, ce n'est qu'une promesse à garder au fond de l'océan.

Reste l'histoire écologique de l'île qui, là encore, est un résumé à petite échelle. Comme le remarque très justement Christian Jost : « Clipperton est une micro-planète. Cette île est le reflet en tout petit de ce qui se passe à l'échelle du globe [1]. » En effet, à Clipperton, l'écologie suit aussi les lois de la petite dimension, la compétition entre les espèces vivantes est simplifiée et connaît des évolutions plus rapides. Il s'agit donc d'un atoll corallien qui peut tout de même atteindre 350 mètres de largeur, qui s'est développé en haut d'un volcan de 3 500 mètres dont n'émerge qu'une pointe de 30 mètres. Le lagon est fermé et l'eau qui s'y trouve est saumâtre mais potable en surface. Elle devient dangereuse et même agressive en profondeur.

Pour l'atoll, trois espèces sont en compétition : les oiseaux, les crabes et les cochons introduits au

1. Philippe Folliot, Christian Jost, *op. cit.*, p. 43.

XIXe siècle par les travailleurs du guano en même temps que le palmier. En se multipliant, les porcs favorisent la végétation, réduisent les crabes et les oiseaux. Un succès qui les condamne. Ils sont éliminés. En conséquence, les crabes prolifèrent et s'attaquent à la végétation. On atteint une population de 130 000 oiseaux marins et 11 millions de crabes. Mais des bateaux de pêche se sont échoués en 1997 et 2001. Ils ont libéré la plus envahissante de toutes les espèces : le rat noir, qui devient rapidement dominant. En l'absence de prédateurs, sa prolifération est en passe de détruire toutes les autres espèces animales ou végétales.

Clipperton n'a donc pas trouvé de destin, c'est une île manquée. Certains voudraient en faire une base scientifique qui, en tant que telle, pourrait avoir son utilité. La France peut-elle se lancer dans une telle aventure ? Elle n'a pas les moyens de gérer sa zone économique exclusive, on la voit mal assurer une zone scientifique active. De ce territoire à l'abandon ne restera que la projection juridique dans la ZEE, avec cette dispute passionnante pour des juristes : Clipperton est-il une île ou un rocher ?

L'ÎLOT NAUFRAGEUR

Quelle que soit la réponse, les Français l'adopteront car ils n'adorent pas seulement les îles mais également les rochers, ces avortons insulaires qui affleurent à la surface de l'océan, ne se prêtent à aucune habitation, à aucune utilisation, mais servent de socle à un étendard bleu blanc rouge planté sur l'immensité océanique. Peu importe que nous ne soyons pas en état d'assurer le service autour de ces nano-patries, la France est là et doit se défendre avec la même intransigeance en Alsace, en Bretagne et dans l'espace ultramarin. Elle s'est bien efforcée de crédibiliser ces îles-rochers en leur donnant une population. Sans résultat probant et non sans séquences dramatiques.

Exemple typique : l'île Saint-Paul, située au milieu de l'océan Indien, proche des îles Kerguelen. Elle est certes isolée mais au milieu d'une mer très poissonneuse. La langouste, en particulier, abonde. En 1928, des armateurs havrais, les frères Bossière, décident d'exploiter cette ressource et, pour cela, d'ouvrir sur l'île une conserverie avec des employés permanents. Ils font miroiter ce paradis halieutique à des marins bretons qui s'engagent et partent pour Saint-Paul. Une fois de plus, les îliens dépendent entièrement de l'approvisionnement. Qui leur est promis… et qui n'arrive pas. Ils devront ainsi survivre pendant neuf mois. Quand, enfin, le bateau de ravitaillement vient apporter les vivres nécessaires, le scorbut a déjà fait des ravages. Sur les sept pêcheurs en attente, quatre succomberont, trois pourront être sauvés. Un drame qui reproduit une épouvantable tragédie qui avait pourtant marqué les esprits cent cinquante ans plus tôt : le drame de Tromelin.

Nous sommes là dans les îles Éparses. Ce sont cinq territoires insulaires situés au sud-ouest de l'océan Indien, à proximité de l'île de Madagascar. Quatre sont localisés dans le canal du Mozambique : Europa, Bassas da India, Juan de Nova et l'atoll des Glorieuses ; le cinquième, Tromelin, se situe au nord de La Réunion. Ces îlots sont évidemment inhabitables et font l'objet de contestations postcoloniales. Madagascar voudrait récupérer les îles Éparses, l'île Maurice estime que Tromelin lui appartient et la France se voit à l'ONU imputer le crime de colonialisme pour des possessions qui ne sont même pas colonisables. On a bien tenté de faire une sorte de cogestion franco-mauritienne sur Tromelin. Mais le projet n'aboutit pas.

Voici donc l'île du drame absolu, de l'abomination totale : Tromelin, que l'on appelle au XVIIIe siècle « l'île de Sable ». Il faut d'abord bien situer le cadre géographique. Tromelin est un îlot naufrageur. Sur la photo, il apparaît comme un banc de sable ovoïde, aride, de 1,7 kilomètre de longueur, qui affleure au niveau de l'océan et ne présente pas de grande particularité. Il n'est pas très visible mais ne devrait constituer qu'un risque d'ensablement. Le navire qui viendrait à s'échouer devrait repartir à la marée montante sans trop de dégâts. Cette image rassurante est un véritable piège. Tout d'abord, cette plage cache un redoutable anneau de corail qui peut mettre à mal les coques les plus solides et ne laisse qu'une passe très difficile à prendre. Or l'îlot est constamment balayé par des vents qui rendent tout accostage dangereux. La houle très forte complique toutes les manœuvres de chargement ou de débarquement. Bref : Tromelin est d'autant plus dangereux qu'il cache son jeu. L'îlot se présente comme une plage et pas du tout comme une île redoutable avec un relief impressionnant, de hautes falaises, des à-pics vertigineux, des volcans menaçants, etc. Mais les marins qui connaissent la région ne s'y laissent pas prendre et ont rebaptisé l'île de Sable « l'île du Danger ».

Pour revivre le drame qui s'est joué ici, il faut remonter au XVIIIe siècle. À cette époque, la main-d'œuvre servile est largement utilisée sur l'île de France, l'actuelle île Maurice. Mais, dans les années 1760, la guerre de Sept Ans oppose la France et la Grande-Bretagne, et le gouverneur de l'île, Antoine Marie Desforges-Boucher, redoute un embargo britannique. Il interdit donc l'importation d'esclaves, qui seraient autant de bouches supplémentaires à nourrir. Le maître esclavagiste, Jean-Joseph de Laborde, entend gagner gros en contournant l'interdit. Il affrète une frégate, en vérité on appelle ces bâtiments des « flûtes », auprès de la Compagnie française des Indes orientales sous prétexte d'aller acheter des vivres à Madagascar. Le navire, baptisé l'*Utile*, qui part de Bayonne, est de belle taille, avec 142 hommes d'équipage sous le commandement de Jean de Lafargue. Il charge clandestinement 160 esclaves, hommes, femmes et enfants, à Madagascar et compte les livrer sur l'île Maurice. La rentabilité de l'opération est à la mesure de son illégalité. La flûte devra se glisser le long des côtes de Madagascar en évitant ce qu'on n'appelle pas encore les îles Éparses. La cartographie maritime est incertaine, et l'*Utile* suit dans sa navigation deux cartes qui ne coïncident pas. Sans savoir laquelle est la bonne, cela va de soi.

La frégate transporte un fort contingent d'esclaves dans des conditions très difficiles. La traite des Noirs impose des adaptations aux navires pour ce transport très particulier. Il faut tout à la fois se prémunir contre une révolte, mais assurer aux esclaves des conditions de vie tolérables afin qu'ils soient dans une forme physique suffisante pour être revendus aux Amériques. Des aménagements sont prévus à cet effet avec un règlement très strict. Faute d'être un navire négrier, l'*Utile* entasse n'importe comment sa population captive. Les équipages vivent dans la crainte d'une révolte nocturne. Sans système pour surveiller les esclaves la nuit, il est prévu que, le soir, la porte de la cale soit clouée, afin qu'ils ne puissent en aucun cas sortir.

L'expédition se déroule normalement. Les esclaves sont chargés à Foulpointe, sur la côte malgache. L'*Utile* ne remonte pas le canal du Mozambique mais passe plus à l'est, en filant au nord, le long de Madagascar. C'est ainsi qu'il arrive le 31 juillet 1761 au large de l'île de Sable. Là, une terrible erreur de navigation, en pleine nuit, conduit la frégate à s'encastrer sur les hauts-fonds coralliens. Le choc est d'une extrême brutalité, le navire n'y résiste pas et se brise. C'est le naufrage : chacun pour soi.

Le miracle de la Providence

La moitié des esclaves se trouvent pris au piège dans la cale et périssent noyés. En définitive, ce sont environ 120 hommes d'équipage et 80 Malgaches qui se retrouvent sur l'île de Sable. Le commandant, Jean de Lafargue, ne supporte pas le choc et perd la raison. Par bonheur, son second, Barthélémy Castellan du Vernet, impose son autorité et prend la relève. Il crée deux camps, l'un pour les Blancs, l'autre pour les esclaves, et fait aussitôt creuser des puits car on ne trouve aucune source sur l'île. L'eau apparaît à cinq mètres de profondeur. Elle a mauvais goût mais n'est pas salée.

Il fait ensuite vider l'épave, y récupère tout, jusqu'au moindre clou. Pour la nourriture, l'île est un désastre. La maigre végétation, faite de veloutiers et de pourpiers, laisse peu d'espoir ; pour les animaux, le compte est bientôt fait : oiseaux de mer, tortues. Combien de temps dureront les vivres récupérés sur l'*Utile* ?

Pourtant, il se produit sur cette île naufrageuse un véritable miracle : la construction d'un bateau de secours. A priori cela semble impossible. Comment cet équipage désespéré, divisé entre Noirs et Blancs, esclaves et hommes libres, ne disposant que de l'épave pour toute ressource et d'un faux charpentier pour toute compétence, pourrait-il mener à bien une telle entreprise ? Un radeau semble le mieux que l'on puisse imaginer. Mais non, Castellan lance la construction d'un bateau à fond plat, une prame. Il lui faut concevoir l'embarcation, puis prendre en main la fabrication car il n'a aucun menuisier à sa disposition. Les marins ne sont guère enthousiastes, mais il persuade les esclaves de travailler au projet. Afin de mener à bien son entreprise, il lui faut construire une forge pour travailler le métal et un four pour cuire les biscuits de mer, indispensables pendant la traversée.

Au bout de deux mois, l'embarcation est prête, elle sera baptisée *Providence*. Elle peut emporter 120 passagers, ce qui est énorme, mais laisse sur le sable 80 personnes. Il va de soi que les Blancs partiront et que les Malgaches resteront, alors même que les premiers ont beaucoup moins contribué que les seconds à la fabrication. Castellan, qui communique avec eux par l'intermédiaire d'un interprète, leur explique qu'il doit les abandonner en leur laissant le reste de vivres, c'est-à-dire peu de choses, tout en leur faisant le serment qu'il viendra rapidement les rechercher.

De fait, il réussit à joindre Madagascar en quatre jours et, de là, gagne l'île de France. Le récit du naufrage puis du sauvetage de l'équipage fait de lui le héros du jour. Il veut aussitôt mettre en place le rapatriement. Il lui faut un bateau de taille modeste pour un voyage de quelques jours. Cela devrait se trouver aisément. Or il se heurte au refus catégorique du gouverneur Desforges-Boucher, furieux de voir ainsi bafouer son autorité et totalement indifférent au sort des malheureux abandonnés sur l'île de Sable. Il n'est pas exclu par ailleurs qu'il soit lui-même impliqué dans le trafic des esclaves. Quant à Jean de Lafargue, le commandant de l'*Utile*, il a définitivement sombré. Castellan le remplace et se démène pendant un mois afin de trouver le navire de la délivrance. Il doit reconnaître que sa cause n'est pas populaire dans ce monde où l'on accepte comme une fatalité la mort des esclaves. Du reste, la Compagnie des Indes réclame à Castellan un inventaire très précis de ce qui a été perdu et de ce qui a été récupéré sur l'*Utile*. Mais aucune interrogation sur les esclaves, qui n'ont même pas d'existence servile.

Entre le glorieux sauvetage de l'équipage et le honteux abandon des esclaves, l'image de Castellan se brouille, sa crédibilité s'effrite. Il décide de rentrer en France, où l'aventure de l'*Utile* agite rapidement le monde culturel. Deux libelles faisant le récit du naufrage et du sauvetage sont publiés. Deux relations des faits vraisemblables sinon véridiques, partielles autant que partiales. Ni dans l'une, ni dans l'autre, on ne s'attarde sur les esclaves. Tout au plus est-il inséré sur l'une d'entre elles une note terminale : « On a envoyé un bâtiment de l'Isle de France pour prendre ces infortunés. » En vérité, l'éditeur n'en sait rien, il veut juste terminer son récit sur une note d'espérance. Sur l'exemplaire conservé au ministère de la Marine, il est rajouté à la main : « On avait promis d'envoyer et on ne l'a pas fait jusqu'à présent. » L'étude graphologique laisse peu de doute : l'écriture est de

Barthélémy Castellan du Vernet. Le naufrage de l'*Utile* et l'abandon des esclaves seront repris par Condorcet pour illustrer ses dénonciations de l'esclavage.

Aux yeux de l'observateur du XXIe siècle, la survie de ces malheureux est au cœur du récit, mais pour les contemporains, elle n'apparaît qu'en arrière-plan. Par définition, on ne parle ni des esclaves, ni des « oubliés ». Il est donc difficile de reconstituer les démarches, les essais, les échecs de Castellan pour tenter de ramener les échoués de l'île de Sable. On sait qu'il va rester seize mois sans repartir en mer. En juin 1763, la Compagnie des Indes organise une cérémonie pour l'honorer. Elle lui remet une relation de sa navigation mouvementée avec félicitations et promotion. Il n'est évidemment pas question des esclaves. Castellan reprend sa carrière en 1765, après avoir alerté le ministère de la Marine. Quant à la Compagnie française des Indes orientales, elle ne va pas tarder à se mettre en faillite et à se dissoudre. Désormais, plus personne ne se bat pour les esclaves, qui sont totalement « oubliés ». À eux de survivre, s'ils le peuvent.

Ils ne réapparaîtront qu'en 1773, soit onze ans plus tard. Par hasard. Nul n'est plus retourné sur l'île de Sable, mais des marins aperçoivent depuis un navire passant au large des silhouettes s'agitant sur l'îlot. Les rescapés font des signaux et même un feu depuis le banc de sable. La mer est trop mauvaise, impossible de s'approcher. Le commandant de bord signale le fait au nouveau gouverneur, Ternay, qui décide d'envoyer un petit bateau, un cotre, la *Sauterelle.* Les marins voient le petit groupe d'une dizaine de personnes. Ils vont tenter l'impossible. Ils utilisent une chaloupe de sauvetage. Deux matelots vont chercher les naufragés. Ils réussissent à toucher terre mais une énorme déferlante arrache la corde. Un des marins parvient à regagner le bateau, l'autre reste à terre avec les naufragés. L'état de la mer est encore pire le lendemain. Le commandant doit faire demi-tour. La situation du marin blanc abandonné au milieu des esclaves malgaches, des femmes en l'occurrence, paraît plus que problématique. Ternay organise immédiatement une expédition qui part dès le lendemain et ne peut tenter le débarquement en raison du temps toujours plus exécrable.

Il planifie une nouvelle expédition à lancer dans une période plus favorable, en la confiant à un commandant très expérimenté : le chevalier Jacques-Marie Boudin de Tromelin, qui s'est confronté au gros temps sur les îles de la Désolation. Tromelin choisit une corvette, la *Dauphine*, capable d'affronter ce genre de situation. Mais lorsque le navire vient se poster au large de l'île, le 29 novembre 1776, le temps est idéal. La récupération des naufragés se fait le plus simplement du monde avec une chaloupe. La surprise vient des survivants : sept femmes noires et un bébé. Le marin blanc a disparu. Comment est-on passé d'une soixantaine d'esclaves à ces sept malheureuses ? Quinze années se sont écoulées, il est vrai.

La question ne sera pas posée. On ne s'interroge même pas sur l'origine des rescapées. Esclaves ? La question est évacuée, elles sont libres et vont être baptisées. L'enfant reçoit le nom de Moïse, sa mère est nommée Ève et la grand-mère Dauphine. Ainsi sortent-elles de l'histoire.

La leçon des esclaves

Telle est donc cette aventure, banale ou incroyable selon le regard que l'on porte. Voilà soixante naufragés qui n'ont ni bagage technique, ni bagage culturel, qui atterrissent sur une île absolument désertique. Ils doivent survivre sans rien savoir de ce qui va leur arriver. Ils vont rester là quinze ans sans que personne vienne à leur secours. Lorsqu'ils sont enfin sauvés, la question de leur survie est très rapidement évacuée. On préfère sans doute ne pas savoir. Dans le récit bouleversant et parfaitement documenté que l'écrivaine Irène Frain a consacré à l'affaire, elle rapporte les déclarations d'une jeune Malgache, Semiavou : « Au début on était soixante. Au bout de deux ans, dix-huit d'entre nous sont partis sur un radeau. On ne les a plus revus et on est restés à treize pendant douze ans. Puis le matelot blanc est venu, on s'est retrouvés à quatorze. Il a construit un bateau ; sept mois après son arrivée, mon enfant est né, on a été quinze. Cinq mois encore se sont passés, puis trois hommes et trois femmes sont partis avec le marin blanc. Ces six-là, on ne les a plus revus non plus. Ça s'est passé il y a quinze semaines. Et maintenant avec l'enfant, on n'est plus que huit [1]. »

Un résumé d'une concision terrifiante, qui se réduit à comptabiliser ceux qui disparaissent, mais qui ne dit rien sur la vie de ceux qui sont restés. Les déclarations des survivantes sont très confuses et n'apportent pas d'informations très éclairantes. Comme si l'existence au quotidien de ces naufragés n'avait aucun intérêt, comme s'il était évident de survivre sur cette terre désolée de Tromelin. Reposons donc correctement la question : comment ces esclaves ont-ils pu survivre ?

Ils ont appris à subir et ne jamais dominer leur situation. Comment trouver dans une telle disposition d'esprit la force de résister à l'épreuve terrifiante du naufrage ? Castellan qui, avec la construction du *Providence*, reprend en main le destin, peut-il leur redonner confiance ? Mais que reste-t-il de cette confiance lorsqu'il s'en va avec le serment d'un hypothétique retour ? Que vaut la promesse d'un Blanc à un esclave ?

Pour survivre sur cette île désolée, il n'est de ressource que dans la collectivité, dans la mobilisation de tous et la discipline de chacun. Mais ces rescapés ne constituent en rien une société, ils n'ont ni les valeurs, ni les codes qui organisent le vivre-ensemble.

1. Irène Frain, *Les Naufragés de l'île Tromelin*, Paris, Éditions Michel Lafon, 2009, p. 262.

Ils n'ont pas non plus les techniques qui, dans ces conditions particulières, permettent de se nourrir, de s'habiller ou de faire du feu. Ils ont une histoire terrifiante derrière eux, une terre aride sous leur pas, aucun avenir devant eux.

Il paraissait impossible qu'ils survivent et pourtant ils l'ont fait. Quinze années durant, sur cette île stérile, ils ont survécu. Pas tous, hélas, mais la collectivité n'a pas disparu. En faisant preuve d'une telle résilience, les esclaves ont en quelque sorte clos le débat. Ils l'avaient fait, il n'était donc pas nécessaire de chercher plus avant. Ainsi ne s'est-on guère interrogé sur les esclaves abandonnés de Tromelin, et cette absence de curiosité aurait perduré sans Max Guérout.

Il était assurément l'homme qui pouvait redonner vie aux esclaves oubliés de Tromelin. Après une carrière comme officier de marine, il s'était orienté vers l'archéologie sous-marine. Un météorologue qui avait rempli des missions sur Tromelin avait attiré son attention sur l'épave de l'*Utile*. Le sujet avait toutes raisons de devenir prioritaire en cette année 2004 consacrée à la commémoration de la lutte contre l'esclavage et de son abolition. Max Guérout lance le projet « Esclaves oubliés » comme un véritable thème central pour son Groupe de recherche en archéologie navale (GRAN) rejoint par l'Institut national de la recherche archéologique préventive (INRAP). Il obtient les parrainages de référence, les concours nécessaires, les compétences indispensables et peut organiser en 2006 sur le site de Tromelin une première campagne de fouilles, qui sera suivie de trois autres. Il s'agit donc de reconstituer le vécu d'une population sans disposer de témoignages directs, d'événements majeurs. C'est une situation que connaît l'archéologie mais qui s'annonce particulièrement délicate car il ne reste que des traces très incertaines pour remonter aux esclaves oubliés. Max Guérout s'y attaque en s'appuyant sur toutes les techniques archéologiques, en cherchant sur terre mais aussi en mer, en recoupant les archives maritimes et les documents généalogiques. Peu à peu émerge une histoire bien différente de celle qu'on aurait pu imaginer.

Les recherches portent sur l'habitat comme sur les objets quotidiens, sur les ressources alimentaires comme sur les vêtements. C'est toute l'existence de cette population qu'il faut reconstituer à partir de traces très incertaines. Les fouilles mettent au jour des abris assemblés comme un hameau, avec plusieurs habitations débouchant sur une cour centrale. La vie collective allait donc au-delà de la famille nucléaire. Pour les construire, les rescapés ont inventé un ciment naturel obtenu par la combinaison judicieuse de poudre de corail, de grès de plage, d'eau et de soleil. Les murs d'un mètre d'épaisseur viennent en protection de l'habitation face à la menace cyclonique. Une cuisine peut être identifiée par les ustensiles et les couverts. Le feu a dû être constamment entretenu, à partir du bois récupéré sur l'épave ou du bois flotté car il n'y a aucun arbre sur Tromelin, or la nourriture, à base d'oiseaux et de tortues, doit être cuite. Les recherches permettront de trouver des briquets de silex. En revanche le mode de chasse pour attraper les sternes reste inconnu. Les rescapés avaient fabriqué toutes sortes d'objets de la vie quotidienne, tantôt des ustensiles pour faire la cuisine, tantôt des couverts pour manger. Ils avaient appris à utiliser la forge pour travailler le métal mais aussi à travailler les plumes d'oiseau pour en faire du tissu.

Tirant les enseignements de ces recherches, Max Guérout peut conclure : « À l'évidence, les rescapés – abandonnés dans un grand dénuement – n'ont pas été écrasés par leur situation : elles et ils ont lutté et ont fait preuve d'imagination et de volonté pour surmonter leurs difficultés et leur isolement. Elles et ils ont utilisé les rares ressources qui leur étaient offertes pour survivre. Avec les débris du bateau, ils ont fabriqué les objets de leur vie quotidienne (outils, ustensiles de cuisine). Avec du bois flotté, elles et ils ont alimenté le feu. [...] Enfin elles et ils ont construit une forme de vie sociale, recouvrant par là même la dignité et l'humanité qui leur avaient été déniées [1]. »

Voilà bien le miracle de la survie. Ces malheureux auraient été bien surpris d'apprendre qu'ils inventaient le civisme et la solidarité, encore plus de

1. Max Guérout, « Les esclaves oubliés de Tromelin », *Historiens et Géographes*, n° 459, août 2022.

s'entendre dire qu'ils en faisaient le meilleur usage alors que nos sociétés, riches de millénaires d'histoire, ont tant de mal à fonctionner correctement. L'occasion était trop belle de nous tendre ce miroir pour mesurer notre bonne fortune à l'aune de leur malheur.

Max Guérout ne s'est donc pas contenté de ces recherches, il a voulu aussi en faire connaître les résultats au plus grand nombre. Outre la publication du livre magnifique d'Irène Frain, des expositions ont été organisées pour présenter la gloire des esclaves oubliés. Je peux témoigner qu'il se dégageait des documents présentés, des faits rapportés, des images et des objets proposés un sentiment qui allait bien au-delà de la curiosité. On ne pouvait qu'être saisi de respect et d'admiration pour ces esclaves si mal traités et qui avaient su regagner par eux-mêmes une humanité qu'on leur avait volée. L'archéologie n'était plus cette enquête quasi policière qui cherche l'explication du moindre détail, elle trouvait dans ce grand réveil des oubliés une histoire qui, à chacune, à chacun, rendait sa place dans la comédie humaine. Et c'était là le secret de cette île traîtresse et perdue : Tromelin.

Huitième escale

PINGELAP

L'île sans couleurs

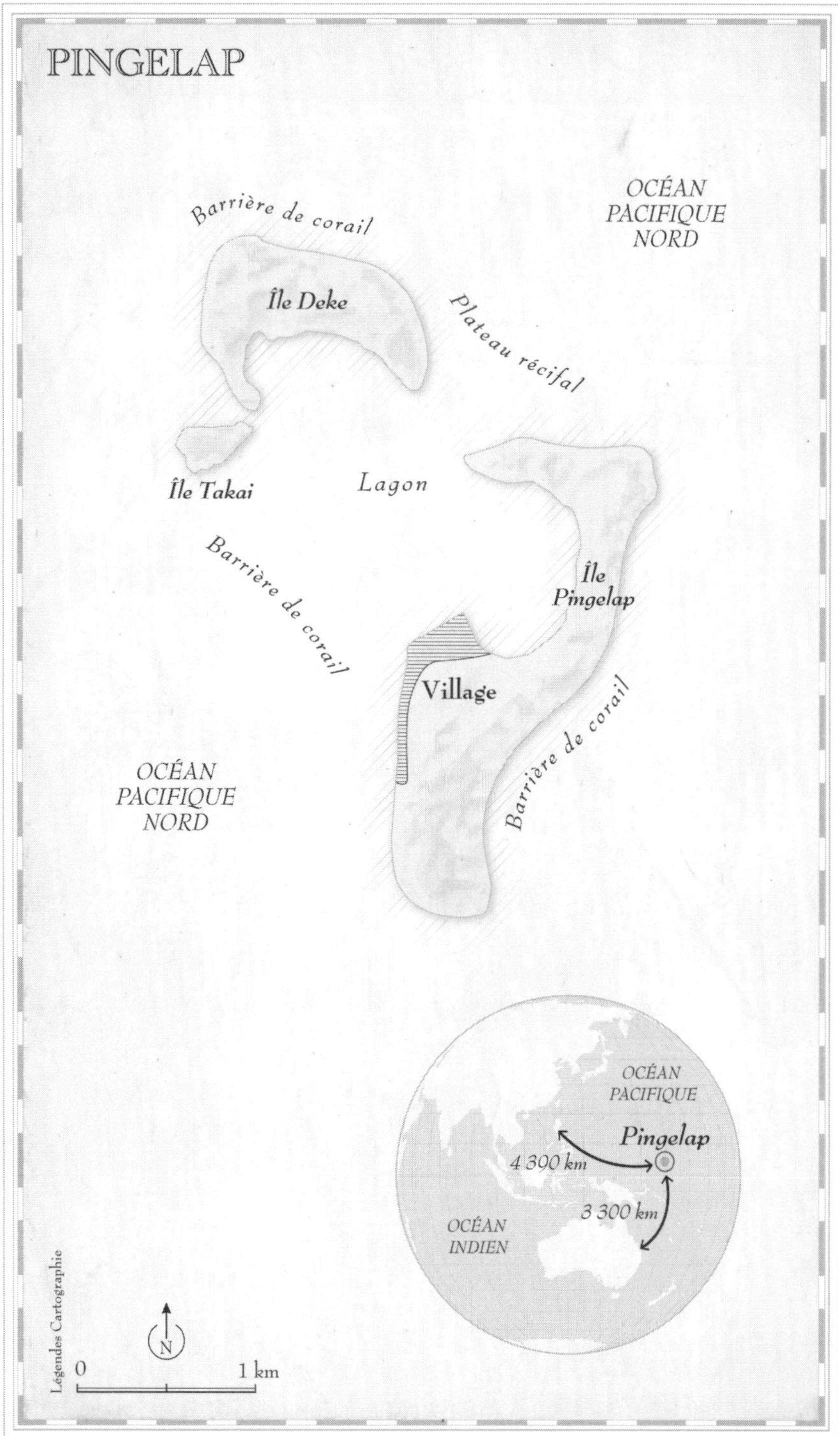
PINGELAP
OCÉAN
PACIFIQUE
NORD
Barrière de corail
Île Deke
Plateau récifal
Île Takai
Lagon
Barrière de corail
Île
Pingelap
Village
Barrière de corail
OCÉAN
PACIFIQUE
NORD
OCÉAN
PACIFIQUE
Pingelap
4 390 km
3 300 km
OCÉAN
INDIEN
Légendes Cartographie
N
0
1 km

Les îles sont si nombreuses dans l'océan Pacifique qu'on ne les compte plus. Il faudrait tout d'abord distinguer les véritables sites insulaires des simples rochers. Cette seule distinction peut faire varier leur nombre, entre 20 000 et 30 000, c'est à choisir. La géographie prend ses aises, la politique aussi. Comment mettre un minimum d'ordre dans ces territoires si différents qui émergent de l'uniformité océanique ? Ici des atolls tribalisés, là des îles-État, ailleurs des archipels en fédération ou confédération, des royaumes venus du fond des siècles, des régimes traditionnels oubliés aux portes de l'ONU. Difficile de s'y retrouver. Faute de maîtriser cette prodigieuse diversité, nous vivons sur les cartes postales stéréotypées : la vie au soleil, la plage, les cocotiers, l'eau turquoise, les poissons multicolores, les fleurs qui s'enlacent en colliers, les hanches qui ondulent pour suivre le rythme et les tissus chatoyants qui se gorgent de couleurs. Ce dépliant pour guides touristiques cache des aventures incroyables qui se produisent à petite échelle et se perdent dans la fresque répétitive du folklore polynésien. Si loin de la parade, l'authentique semble inattendu, incongru. C'est pourtant lui qu'il faut traquer dans ce paysage factice.

Imaginez que vous entendiez un grand médecin parler d'une « île en noir et blanc [1] », que la rumeur, toujours répétée, donne corps à une « île sans couleurs ». Vous n'auriez le choix qu'entre dire : « Ça n'a pas de sens » et passer à autre chose, ou supposer que, sous ces appellations déroutantes, se cache une réalité singulière. Face aux secrets d'un monde incolore, à l'énigme d'une île sans couleurs, l'absence de curiosité serait plus qu'un défaut, une faute.

Car cette île existe, elle se situe dans l'ouest du Pacifique. Elle est perdue : Bikini est à 700 kilomètres, la Nouvelle-Guinée à 2 000 kilomètres. Elle a été découverte en 1793 par le capitaine Thomas Musgrave, qui la baptisa « Musgrave Island ». En vérité, les marins de l'époque n'étaient pas des plus rigoureux et les emplacements cartographiques étaient plus qu'incertains. Ainsi le commandant MacAskill put-il la redécouvrir en 1809 et la nommer « MacAskill Island ». Comme il se doit. Il a donc existé au XIXe siècle deux îles qui n'en feront qu'une au XXe siècle, lorsque l'erreur cartographique sera corrigée. La réconciliation se fera sous le nom

1. Oliver Sacks, *L'Île en noir et blanc*, Paris, éditions du Seuil, 1997.

de « Pingelap ». L'atoll, qui comporte aussi deux petits îlots, se situe dans les îles Carolines.

Pingelap et ses îlots forment une municipalité dans l'État de Pohnpei qui, lui-même, appartient aux États fédérés de Micronésie. Voilà bien la complexité institutionnelle du Pacifique. Les 250 habitants de ce petit atoll parlent leur propre langue, le pingelap, et pratiquent avec ferveur un christianisme en version catholique ou protestante. C'est donc une communauté très soudée sur elle-même, un détail qui prendra une importance extrême dans notre histoire.

Mettre la couleur

Comment peut-on dire d'une île qu'elle « n'a pas de couleur » ou bien qu'elle est « en noir et blanc » selon l'expression d'Oliver Sacks ? Pour comprendre, il nous faut oublier les artifices de la peinture ou de la teinture pour nous interroger sur la place de la couleur dans la nature.

Il me souvient que, lors d'un tournage, je fus amené à interviewer un spécialiste de la vision et, dans la conversation, il me dit tout simplement : « Vous savez, la couleur n'existe pas dans la nature. » Je lui fis répéter cette phrase tant ce bannissement chromatique m'avait surpris. Le spécialiste réitéra, en précisant que la couleur n'était que la traduction par l'homme du rayonnement électromagnétique émis ou réfléchi par toute matière. Bref, ce n'est pas le monde qui nous offre ses couleurs, c'est nous qui le colorisons.

L'équipe fut sidérée. Nul, pas plus moi que mes confrères, ne s'était interrogé sur la couleur. Nous n'y avions vu qu'une caractéristique parmi d'autres de la nature. L'herbe est verte, le ciel bleu, les tomates rouges, ce sont des qualités en soi, qui s'attachent à la réalité comme la gravité, les combinaisons chimiques, la réaction à la chaleur, etc. Si l'humanité venait à disparaître, les couleurs continueraient à faire le spectacle pour un autre public car elles caractérisent le réel au même titre que la masse ou les caractères chimiques. L'homme ne fait pas le monde, il se contente de l'observer.

Ainsi vivons-nous sur cette certitude que la couleur est intégrée dans la réalité, que nous n'y sommes pour rien et qu'elle serait la même si personne ne la regardait. Ce n'est pas une certitude mais une évidence. On ne se méfie jamais assez des évidences.

Cette première conviction doit être couplée avec une autre : « La nuit, tous les chats sont gris. » Il n'y a de couleur que s'il y a de la lumière. Reste à savoir comment ce rayonnement électromagnétique qu'est la lumière peut se transformer en couleurs. La réponse n'a rien d'évident et le processus n'a été véritablement compris que dans les années 1960. Une chose est certaine : c'est bien dans le cerveau humain que la vision se transforme en perception d'une image polychrome.

Lorsqu'elle est éclairée, la matière renvoie la lumière, c'est pour cela que nous pouvons la voir.

Au passage, elle retient certaines fréquences liées à sa couleur. Cette lumière réfléchie porte donc la signature colorimétrique de l'objet. Il se peut même qu'elle retienne toutes les fréquences, auquel cas celui-ci apparaîtra noir ; à l'inverse, celui qui n'en absorbe aucune apparaît comme blanc.

Nos yeux reçoivent donc une lumière chargée d'informations qui traduisent l'état chromatique mais qui ne sont pas les couleurs telles que nous les voyons, que nous les attendons. Il appartient ensuite au cerveau de transformer en couleur le signal électromagnétique qu'il reçoit. Cette opération est effectuée par des photorécepteurs, les cônes, qui tapissent la rétine au fond de l'œil. Ces cellules déchiffrent dans la lumière qu'elles reçoivent cette information de couleur et la transmettent par les nerfs optiques au cerveau, où va s'effectuer le passage de la vision à la perception qui, elle, fait naître la couleur. Ainsi, en chaque point de l'image que nous regardons, à chaque instant, notre système optique adapte exactement la couleur reproduite au signal qui lui est transmis.

Pour obtenir ce résultat, nous avons besoin de trois types de cônes. Chacun est spécialisé dans une couleur : le rouge, le bleu, le vert. À partir de ces trois couleurs de base, nous pouvons fabriquer en permanence des images polychromes. Le système atteint un niveau de sophistication incroyable puisque l'œil humain peut distinguer 1 million de nuances colorimétriques.

La perte de la couleur

Nous portons donc en nous un système complexe qui permet de créer les couleurs et de les voir. Comme toutes les fonctions physiologiques, celle-ci peut connaître des défaillances. La panne de tout le système visuel conduit à la cécité totale, mais le dysfonctionnement peut se limiter à certaines fonctions qui révèlent leur existence lorsqu'elles disparaissent ou sont perturbées. C'est ce que l'on constate avec la perception des couleurs. Dans une maladie, fort rare, l'achromatopsie complète, les trois types de cônes sont défaillants. Le malade ne peut pas voir les couleurs. Il vit dans un monde gris, du noir au blanc. Le plus souvent, la formation des couleurs n'est que perturbée et l'on entre dans toutes les formes du daltonisme. Le malade confond les couleurs, les prend les unes pour les autres.

Avec cette mise à jour de nos connaissances, les expressions « île sans couleurs », « île en noir et blanc » prennent une tout autre signification. Ce n'est pas l'île qui est « décolorée », ce qui ne veut rien dire, mais ses habitants qui ne peuvent plus accéder à la couleur. Ils sont dans le gris. Effectivement, nous nous trouvons face à un cas très rare d'achromatopsie génétique héréditaire. Cette maladie, qui atteint ordinairement 1 personne sur 50 000, touche 10 % de la population à Pingelap. Il y a donc bien une vision de l'île qui se fait en noir et blanc. C'est une véritable malédiction car la maladie, que les indigènes appellent le *maskun* ou la « maladie des yeux éteints », ne concerne pas seulement la vision des couleurs. En vérité, le malade est un malvoyant qui ne supporte pas la pleine lumière et cherche refuge dans la pénombre. Ce trouble se manifeste dès le plus jeune âge. Le bébé est perturbé par la clarté et recherche l'ombre qui le calme. Il voit très mal et ne parvient pas à distinguer les objets lointains.

Précisons les choses. La rétine ne comporte pas seulement des cônes, elle est aussi équipée d'autres cellules photosensibles : les bâtonnets, spécialement adaptés à la vision dans la pénombre. Les malades frappés par le *maskun*, dont les cônes sont dégradés, font sans cesse fonctionner leurs bâtonnets. Ils ont, de ce fait, une vision sombre meilleure que celle des bien-portants. Traditionnellement, à Pingelap, ils pratiquent la pêche nocturne, dans laquelle ils manifestent une véritable supériorité sur le reste de la population. Le clair de lune est leur royaume.

Les Pingelapiens vivent dans la hantise du *maskun*. À chaque naissance, le bébé est observé en permanence, surtout dans la période de trois mois à un an, où il peut manifester les premiers signes des « yeux éteints ». Cette malédiction de la vision est constitutive de la culture pingelapienne.

Comme toujours dans les traditions polynésiennes, les habitants ont construit un récit légendaire. Le dieu Isoahpahu serait tombé amoureux de Dokas, la femme du roi Okonomwaun, et prétendait se la réserver. Mais le roi et son épouse ne s'inclinèrent pas devant la volonté divine, en sorte que Isoahpahu dut prendre l'apparence d'Okonomwaun pour séduire Dokas. Les enfants qui naissaient du couple avaient donc pour père tantôt le dieu et tantôt le roi. Ceux nés du couple illégitime se trouvèrent frappés par la malédiction du *maskun*, alors que la descendance royale n'avait pas la maladie.

Le récit est légendaire ; la maladie bien réelle. L'île est, pour une partie de la population, vue en noir et blanc. Une situation exceptionnelle, extrême, qui ne pouvait qu'exciter l'inépuisable curiosité d'Oliver Sacks.

À LA RECHERCHE DE LA COULEUR PERDUE

Ce neurologue britannique établi aux États-Unis s'est toujours passionné pour ce qui était hors du commun, jusqu'à devenir lui-même hors du commun. En 1966, il intègre un hôpital new-yorkais destiné aux maladies chroniques. Il prend en charge les survivants de l'encéphalite léthargique qui a sévi dans les années 1920. Depuis des décennies, ces malades sont plongés dans une sorte de sommeil léthargique et ne peuvent plus mener une vie autonome. Sacks parvient à les tirer de cet interminable sommeil. Il raconte cette aventure dans son livre *L'Éveil* (*Awakenings*), qui donnera matière à un film et assurera sa célébrité. Il mêle vie professionnelle et vie littéraire en exposant au public les plus surprenants troubles du comportement.

L'île « grise » de Pingelap et, au-delà, la cécité des couleurs ne pouvaient que le passionner. La maladie est tout à la fois spectaculaire et ignorée, c'est une « cause », pas seulement une pathologie. Il ne va donc pas la traiter selon le mode de la recherche médicale, avec des études techniques publiées dans la presse spécialisée. Il voit, bien au-delà de la maladie, l'achromatopsie, la souffrance d'un monde sans couleurs. Il organise donc une expédition médicale à Pingelap. Il ne peut se laisser enfermer dans l'alternative de raconter une histoire ou décrire une maladie. Ne professe-t-il pas que « notre esprit ne fonctionne pas du tout comme une caméra ou une machine : toute perception est une création et tout souvenir est une re-création » ? Il doit donc partir à l'aventure pour exercer son métier de médecin dans l'île sans couleurs.

L'étude académique montre la difficulté de l'entreprise. La maladie existe sous des formes partielles ou sous des formes totales. Les premières sont évidemment les plus répandues. La cécité totale aux couleurs, autant dire l'inexistence de cônes opérationnels, est très rare. Lorsqu'il prépare son expédition, Sacks ne l'a encore jamais rencontrée. Or il ne s'interroge pas seulement sur les symptômes mais également sur le ressenti des malades. Il rapporte le témoignage d'un peintre, Jonathan I., « devenu subitement aveugle aux couleurs à la suite d'un accident de voiture [...]. Il paraissait avoir non seulement perdu la faculté de voir les couleurs, mais aussi de les imaginer, de s'en souvenir et même d'en rêver. Tel un amnésique, il était d'une certaine façon conscient d'avoir perdu les couleurs après une existence de vision chromatique et se plaignait de l'appauvrissement de son univers qu'il ressentait comme grotesque et anormal ». Une réaction qu'il met en rapport avec celle d'une femme qui est, de naissance, complètement aveugle aux couleurs et qui lui apporte un tout autre témoignage. Ignorant absolument ce que peut être un monde coloré, « elle insistait sur le fait qu'elle-même n'ayant jamais connu les couleurs n'avait aucunement le sentiment d'une privation ni d'un handicap chromatique » [1]. Le vécu d'une telle maladie ne peut être ignoré mais peut difficilement être exploré.

Pour mieux la comprendre, Oliver Sacks se tourne vers Fuur, une petite île norvégienne, qui avait également la particularité de compter un pourcentage anormalement élevé d'aveugles chromatiques. Il réussit à persuader un habitant de l'île, Knut Nordby, de se joindre à lui dans son enquête à Pingelap. Or Nordby se trouve être tout à la fois scientifique et achromate. Il vit dans un monde noir et blanc qu'il photographie d'ailleurs fort bien. À travers lui, il serait plus facile d'établir le contact avec « la population en noir et blanc ». Or, constata Sacks : « La cécité aux couleurs, à Fuur et Pingelap [...] avai[t] fait l'objet d'enquêtes génétiques approfondies, il n'y

1. Oliver Sacks, *op. cit.*, p. 17-42.

avait eu aucune exploration humaine [...] répondant à la question de savoir ce que peut bien signifier de vivre dans une culture où manque totalement le concept de couleur [1]. »

La malédiction du noir et blanc

Sacks veut que son travail soit tout à la fois narratif et scientifique. En se rendant sur le terrain, il n'entend pas seulement recueillir des informations, voire des impressions, mais mesurer les effets de la maladie. Il se dote des moyens modernes dont dispose aujourd'hui l'ophtalmologie pour étudier la vision des couleurs. Ce qui n'est pas aisé. En effet, les mêmes mots peuvent recouper des réalités différentes. Untel qualifiera de « foncé » ce qu'il voit en rouge. Ou l'inverse. Comment savoir si les mêmes mots recoupent les mêmes couleurs ? Heureusement, l'ophtalmologie dispose aujourd'hui du matériel et des techniques qui permettent de situer la vision chromatique des uns et des autres. Sacks possède ainsi un jeu de fils colorés. En jouant avec, l'enfant peut révéler son anachromatie.

Tout aussi révélatrices sont les planches du test Ishihara. Elles présentent des chiffres ou des figurines qui se perdent dans le fond et ne peuvent être distinguées que si l'on possède une bonne différenciation des couleurs.

1. *Ibid.*

Oliver Sacks et ses amis donnent à ces tests un caractère ludique. Les enfants n'ont pas le sentiment de subir un examen mais de s'amuser. Ils se bousculent pour tenter de gagner. Oliver et ses amis sont seuls à connaître le véritable enjeu de ce concours. Knut veille à réconforter les malades, à enregistrer au plus juste leurs réactions. Car, tout en poursuivant ce travail scientifique, l'équipe tourne un film afin de sensibiliser l'opinion à la situation des Pingelapiens et des achromates en général.

Pour Sacks, cette expédition ne s'est pas limitée à un travail d'observation, il parle d'un « déferlement d'amour » pour les enfants, la forêt et l'île. « Ce fut une étrange rencontre que celle dont nous fûmes les témoins : Knut le Nordique, pâle dans ses vêtements occidentaux, l'appareil photo autour du cou, et les petits enfants bruns achromates de Pingelap ; étrange, mais terriblement émouvante [1]. »

De cette exploration, on retient d'abord un regard. Celui des malades. Qu'il s'agisse d'un bébé ou de son grand-père, on retrouve toujours ce clignement des yeux entrouverts pour se protéger d'une lumière éblouissante. Manifestement ces gens vivent dans une constante agression lumineuse. Les visages ne se détendent que dans les séquences crépusculaires. C'est alors que les malades trouvent l'éclairage qui leur convient. Ils se meuvent avec beaucoup plus d'aisance dans la pénombre, ils se sentent moins stressés qu'en plein jour.

1. *Ibid.*, p. 43-71.

Le vécu de cette population, notamment des enfants, est d'autant plus pénible que l'origine mythologique pèse sur l'appréciation de la maladie. Certes, il existe des centres qui accueillent les enfants handicapés, mais ce mal n'est toujours pas ressenti comme purement médical. Cette maladie, si étrange, semble résulter d'un mauvais sort. Un destin malveillant choisit ses victimes en fonction de critères mystérieux, de sorte qu'on ne sait trop si les achromates sont simplement malades ou s'ils sont frappés d'une malédiction, si leurs symptômes ne sont pas des stigmates. Les femmes âgées en sont encore à refuser de porter des lunettes, non par coquetterie mais par superstition.

Inutile de dire que ces malades ne bénéficient pas de tout le progrès médical. Sacks a donc apporté un premier matériel, tant pour établir les diagnostics que pour proposer les solutions correctrices. Il faudrait évidemment que tous les moyens de l'ophtalmologie moderne se concentrent sur ce foyer pathologique. C'est hélas loin d'être le cas, comme a pu le constater Oliver Sacks lors de son séjour. Il était venu avec des lunettes atténuant la lumière solaire et permettant un grossissement pour améliorer la vision de près. Les Pingelapiens, notamment les jeunes, qui expérimentaient cette correction découvraient une autre vision, si différente de celle à laquelle ils s'étaient habitués, sinon résignés.

Les examens ont confirmé que la cécité aux couleurs était tout à fait courante dans cette population.

Une propagation de la maladie que favorise la consanguinité. Or les insulaires se sont convertis à un christianisme qui pousse au mariage entre proches, favorisant la diffusion des maladies génétiques.

C'est ainsi que Pingelap, avec ses quelque 250 habitants, est devenue une bien triste curiosité génétique. L'achromatopsie, si rare dans le reste du monde, devient ici une maladie courante. Une cause d'angoisse pour les familles, car les malades ne perdent pas seulement les couleurs. Ils développent une véritable luminophobie, qui les oblige à fuir la lumière du jour, et, même en noir et blanc, ils n'ont qu'une très mauvaise vision. Ce mal est à ce point répandu à Pingelap que cet atoll, qui présente l'image même du paradis polynésien polychrome, est devenu pour ses habitants un monde incolore. « La couleur n'est qu'un mot pour ceux qui ne peuvent pas la voir », observe la photographe belge Sanne De Wilde, qui a consacré une série d'images à cette île si particulière. Un mot qui sonne pour nous comme une récompense ; pour eux comme une punition.

Que cette population soit porteuse de cette maladie, la preuve en a été faite dans les années 1950, lorsque beaucoup de Pingelapiens émigrèrent dans l'île voisine de Pohnpei. Ils ne manquèrent pas d'y développer un deuxième foyer de *maskun*. En 1999, la recherche a pu déterminer l'origine génétique de la maladie. Il s'agit d'une mutation sur le gène CNGB3, une mutation récessive, c'est-à-dire qu'elle ne peut s'exprimer que si elle est transmise simultanément par le père et par la mère. La statistique génétique montre que lorsque les deux parents sont porteurs du gène altéré, ils ont un risque sur quatre de donner naissance à un enfant malade et un sur deux d'engendrer un porteur sain comme eux-mêmes. Or, à Pingelap, la population ne compte pas moins de 30 % de porteurs sains.

La descendance royale

On ne saurait quitter l'île sans regarder de plus près l'histoire qui lui a valu de perdre ses couleurs, une histoire totalement insulaire. Une île perdue, c'est une très faible population exposée, sans protection, à des intempéries dévastatrices, avec en plus les risques de la consanguinité. On retrouve dans l'histoire de Pingelap la conjonction de toutes ces menaces.

Nous avons vu la version légendaire de la cécité aux couleurs, mais on sait que la légende est toujours une métaphore et qu'en creusant on trouve la vérité sous le récit. Les premiers cas d'achromatopsie avérés remontent à 1820 et ont touché les enfants du roi Okonomwaun, d'où la légende de l'infidélité divine. Mais on peut aussi s'interroger sur l'histoire de Pingelap.

En 1775, l'île fut dévastée par le cyclone Lengkieki. Une catastrophe restée dans les mémoires. En effet, l'île toute plate n'oppose aucun obstacle, ne propose aucun refuge au déchaînement des éléments. Dans le cas de Lengkieki, l'île fut totalement anéantie, d'autant que la famine succéda à cette dévastation. Le bilan du cataclysme fut terrifiant. D'une population que l'on estime à 1 000 habitants, ne subsista qu'une vingtaine de personnes. Le roi Mwahuele fut sans doute le seul survivant mâle, avec une dizaine de femmes et d'enfants. Le souverain prit sur lui la charge d'assurer le repeuplement. Les femmes, les unes après les autres, se trouvèrent enceintes d'un héritier royal, forcément royal.

Pour expliquer la suite des événements, il faut supposer que le monarque géniteur était porteur sain du gène de l'achromatopsie, tout comme quelques partenaires reproductrices. Dans ce schéma de totale consanguinité, la maladie va se propager au fil des générations, tout d'abord dans le silence des cheminements chromosomiques, puis à travers la naissance d'enfants handicapés. Le roi Okonomwaun, dont le fils sera le premier frappé, se trouve être le fils du souverain-géniteur Mwahuele. Cinq générations plus tard, la maladie s'était installée durablement dans le sang des insulaires, teintant leur existence de gris.

C'est bien en tant qu'île perdue que Pingelap a perdu ses couleurs. Sa petite taille, son isolement la rendaient aussi vulnérable sur le plan climatique que sur le plan sanitaire. Et, dans une telle situation, on ne peut trop compter sur le secours de la médecine moderne. L'ophtalmologie ne sait pas guérir l'achromatopsie. Des équipes s'essayent à la thérapie génique mais sont encore loin de pouvoir remplacer les gènes défaillants. En revanche, la correction a fait des progrès considérables, notamment pour corriger les effets de la forme la plus courante, la « monochromatie au bleu », celle qui sévit à Pingelap.

Des verres ont été spécialement conçus pour corriger l'amblyopie, cet affaiblissement de la vision. Des verres teintés peuvent limiter la sensibilité à la lumière, d'autres verres comportent des filtres pour améliorer la perception des couleurs. Un enfant ainsi équipé peut suivre une scolarité normale. Problème : de tels soins coûtent cher et ne sont pas disponibles sur une île perdue tandis que sévissent encore les préjugés antimédicaux.

On est loin d'avoir corrigé la vue de tous les jeunes achromates, dont beaucoup ont ces yeux tristes de l'achromatopsie. Laissons à Oliver Saks le mot de la fin : « Lorsqu'un enfant de Pingelap commence de plisser les yeux et de se détourner de la lumière vive, il y a, autour de lui, du moins un savoir culturel de son univers perceptuel, de ses manques, de ses capacités particulières, et même une mythologie pour les expliquer. En ce sens Pingelap est bien une île des aveugles aux couleurs. Nul né ici atteint du *maskun* ne s'y voit complètement isolé ou incompris, au contraire de ce qui se passe partout ailleurs dans le monde pour les achromates congénitaux [1]. »

Si nous ne pouvions opposer à la perte des couleurs que le sens et la solidarité, ne serait-ce pas un

1. *Ibid.*, p. 73-108.

grand progrès par rapport à l'ignorance et l'impuissance ? Dans quelle mesure la modernité peut-elle apporter la correction de la vue sans détruire tous les équilibres sociaux traditionnels ? On oublie la question face au si triste regard de ces enfants sans couleurs de Pingelap. On peut l'oublier mais elle se pose pourtant.

Neuvième escale

NORTH BROTHER

L'île morte

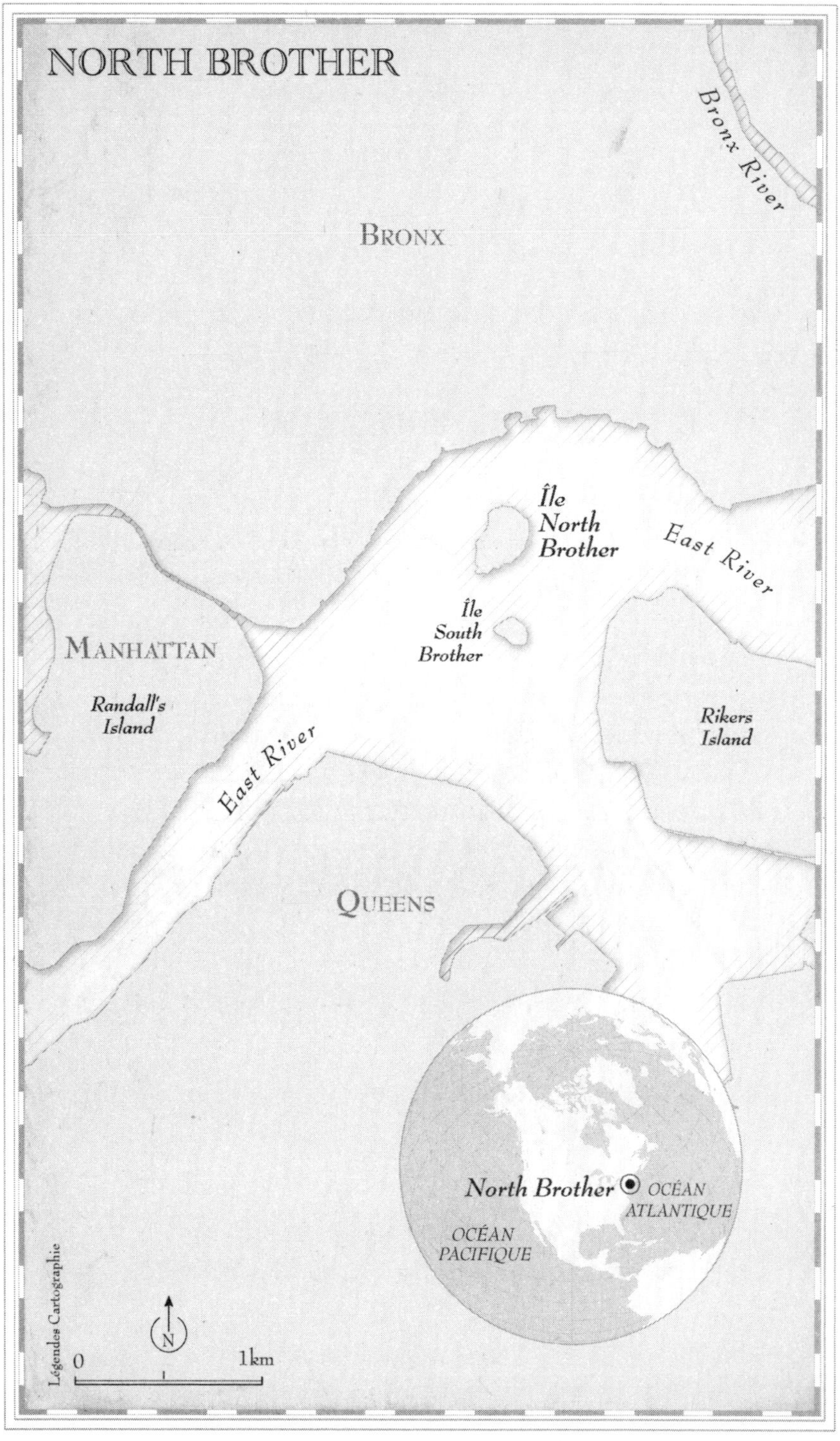
NORTH BROTHER
Bronx River
BRONX
Île
North
Brother
East River
Île
South
Brother
MANHATTAN
Randall's
Island
Rikers
Island
East River
QUEENS
North Brother
OCÉAN
ATLANTIQUE
OCÉAN
PACIFIQUE
N
0
1km
Légendes Cartographie

Parce qu'elles sont petites, parce qu'elles sont isolées, les îles perdues sont mortelles. Elles peuvent succomber à des cataclysmes climatiques comme à des crises politiques. La population disparaît, ne laissant derrière elle qu'une terre inhabitée. Ces événements se sont produits le plus souvent dans des périodes lointaines, c'est dire que les peuples insulaires disparaissaient en n'abandonnant rien que de périssable.

L'île morte n'est pas « remise en l'état », elle est simplement abandonnée. Elle se trouve figée et ne subit plus que l'épreuve du temps, qui dégrade inexorablement, mais très lentement, les constructions humaines sur lesquelles prospère la vie, parfois animale, toujours végétale.

La pierre et le temps

D'ordinaire, nous détruisons pour reconstruire et ne conservons que quelques friches industrielles qui encombrent le paysage ou quelques monuments qui l'agrémentent. Cette déconstruction-reconstruction, qui élimine l'ancien, entretient un environnement moderne. Seul le cinéma représente en images les villes de nos ancêtres. Il nous reste aussi quelques villes-fantômes américaines construites pour exploiter des gisements aujourd'hui épuisés et ces îles mortes qui sont progressivement reconquises par la nature.

Ces restes des siècles passés se trouvent à des milliers de kilomètres. Trop loin pour être visités. Ainsi l'isolement dans l'espace nous interdit-il de surmonter l'isolement dans le temps.

Dommage, car la confrontation du minéral et du végétal mérite le détour. J'ai fait cette découverte en Guyane, sur l'île du Diable où fut incarcéré Alfred Dreyfus. Les pierres perdaient leur superbe et tombaient la mine grise dans la poussière tandis que le lierre, les lianes de kudzu et même des branches s'infiltraient par toutes les anfractuosités et enserraient les bâtiments comme des serpents végétaux.

Une île à l'abandon depuis des décennies fait vivre un décor magique et maléfique, qui met en scène la lutte du vivant contre l'usure du temps. Ce « chronorama » est fascinant, grand dommage qu'il se trouve si loin de nous. Sauf exception.

Une île perdue dans New York

L'île de North Brother, qui offre une telle expérience, est totalement inaccessible, non pas en raison des distances mais de la sentence. Celle-ci est tombée en 1963, interdisant au public de visiter ce royaume de la Belle au bois dormant qui ne se trouve pas à l'autre bout du monde mais à New York même, dans l'East River. À quelques centaines de mètres, pas plus, du Bronx. Il suffit de prendre une petite barque pour rejoindre cet îlot que les New-Yorkais ne regardent même plus. Ils ont beau voir cet espace boisé au milieu du détroit, ils ne cherchent pas à en percer les secrets. Au reste, s'ils tentaient de s'en approcher, ils se heurteraient à d'infranchissables barrières.

Cette féerie de ruines envahies par une végétation proliférante est réservée aux oiseaux. La ville de New York en a fait une réserve ornithologique : *Forever Wild*, traduisez « interdit au public ». Ce qui n'a pas empêché l'espèce la plus nombreuse sur l'île, celle des hérons de nuit à couronne noire, d'abandonner ce refuge pour des raisons non encore élucidées.

Les autorisations de visite ne sont données qu'au compte-goutte. Quelques-unes par an, pendant des périodes très limitées, et pour des recherches scientifiques dûment vérifiées. Touristes s'abstenir ! Les rares reportages photographiques ou films font découvrir un monde enchanté, ou plutôt envoûté, comme ces paysages postapocalyptiques de science-fiction où la splendeur du passé ne peut cacher la misère du présent.

L'île elle-même n'est pas très grande : quelque 8 hectares. Une petite île dont les ruines sont recouvertes par une végétation luxuriante autant que sauvage. Les troncs des arbres tout droits rivalisent avec les colonnades d'imposantes façades, l'herbe envahissante masque le délabrement des terrasses, la végétation jaillit de tous les sols défoncés, pousse sur les restes des toits et fait croître les buissons à hauteur d'homme, cachant les maisons plus modestes qui surgissent, inattendues, de cet avatar forestier. Vingt-cinq constructions, individuelles ou collectives, de la petite baraque à l'entrée imposante de l'hôpital, se laissent ainsi deviner sous le couvert végétal.

L'ÎLE DE LA QUARANTAINE

L'endroit est fascinant, dangereux aussi, car plus rien ne tient. Il est hasardeux de poser le pied sur les planchers et les escaliers. Les cheminées, les pierres, tout peut tomber à tout moment. L'état d'abandon semble résulter d'un départ lointain mais brutal. Les derniers occupants ne se sont pas souciés de mettre un tant soit peu d'ordre avant de quitter les lieux. Les livres jonchent le sol, ouverts à la même page depuis des décennies, des fauteuils aux coussins éventrés sont renversés, des chaises s'entassent pêle-mêle, un escalier en colimaçon se retrouve à l'horizontale. Le temps a réduit les couleurs vives à des teintes tristes qui se morfondent sous la crasse. Tous les détails sont laids mais l'ensemble impose une forte présence au visiteur.

Voilà donc la plus atypique des îles perdues : proche et non pas lointaine, fermée et non pas ouverte, désertée et non pas occupée. Son abandon est l'aboutissement d'une succession d'échecs qui ne sont pas moins riches d'enseignements que des succès.

Sa découverte ne fut pas un événement. Elle fut baptisée en 1614 par le navigateur hollandais Adriaen Block. Il parla du « duo de Gesellen », traduisez des voyageurs, car elle a une petite sœur, South, non interdite mais pas plus habitée.

En vérité, l'île ne présente pas grand intérêt. Les marins sont surtout préoccupés par le détroit qui sépare le Queens de Manhattan. Ils le craignent en raison des courants et des rochers. Après le naufrage d'une frégate britannique, la *Hussar*, il devient *The Hell Gate*, la porte de l'enfer. C'est tout dire. L'île peut être dangereuse, mais peut-elle être utile ? Ce n'est pas certain.

Longtemps, North Brother se cherche un destin. Le gouvernement, ne sachant qu'en faire, la lègue à un riche avocat qui n'y voit aucun intérêt. Elle ne trouve sa vocation qu'en 1880. Une petite île au cœur d'une grande cité offre un centre d'isolement idéal. Aujourd'hui, on penserait à une prison mais, à la fin du XIXe siècle, l'idée de quarantaine supplantait celle d'incarcération. En l'absence d'antibiotiques, la mise à l'écart était la façon la plus efficace de lutter contre les grandes maladies. La quarantaine faisait partie de l'arsenal médical. Une mission toute trouvée pour une île urbaine.

Le gouvernement rachète donc l'île et entreprend d'y construire le Riverside Hospital, en complément de l'hôpital qui existe sur la grande île voisine, Blackwell Island. Il s'agit de traiter les maladies les plus dangereuses : variole, tuberculose, typhoïde, syphilis, etc. De soigner la maladie mais surtout d'isoler les malades. Car la peur de la contagion est obsessionnelle. Une femme va en faire les frais : Mary Mallon.

TYPHOID MARY

Elle est bonne à tout faire, notamment la cuisine. Une famille pour laquelle elle avait travaillé connaît des cas de typhoïde. Un « ingénieur sanitaire », George Soper, est chargé d'en retrouver l'origine. Au terme de son enquête, il établit que 22 contaminations conduisent à Mary Mallon, bientôt proclamée « la femme la plus dangereuse d'Amérique ». Or Mary se trouve en parfaite santé et refuse de se voir imputer la propagation d'une maladie dont elle ne souffre pas. Elle attaque la décision en justice. La médecine peut établir que, bien que ne manifestant pas les symptômes de la maladie, elle est porteuse « asymptomatique » de la *Salmonella typhi* et, à ce titre, contagieuse. Le choix lui est imposé : se faire retirer la vésicule biliaire ou s'exiler sur l'île en quarantaine. Elle préfère cette seconde solution et vient s'établir à North Brother. En 1910, elle peut faire lever son assignation à résidence en s'engageant à ne plus faire la cuisine. Engagement qu'elle ne respectera pas.

Lors d'une nouvelle épidémie en 1915, Soper peut établir qu'elle a encore contaminé une vingtaine de clients. Elle confirme ainsi le terrible surnom de « Typhoid Mary » et se voit, de nouveau, assignée à North Brother, vivant dans une petite maison construite à son intention où elle séjournera vingt-trois ans. À la suite d'une attaque cérébrale, elle est hospitalisée à Riverside, où elle restera jusqu'à sa mort en 1938.

La pire catastrophe

North Brother paraît être née sous une mauvaise étoile. Dès 1904, l'île a été le théâtre d'une épouvantable catastrophe : le 15 juin, un navire de plaisance, le *General Slocum* remonte l'East River pour gagner une aire de pique-nique à Long Island. Le navire transporte 1358 passagers et membres d'équipage. Il s'agit, pour la communauté germano-américaine, de fêter la fin de l'année scolaire. L'ambiance est festive et, pour tout dire, familiale, avec beaucoup de femmes et d'enfants.

Pour des raisons jamais éclaircies, un feu se déclare à bord. On se précipite sur les lances à incendie, qui se révèlent toutes inutilisables. Le commandant ne voit comme solution que d'aller échouer son bateau sur North Brother. Effectivement, la côte se prête à une telle manœuvre et le personnel de l'hôpital Riverside, qui observe le désastre, se tient prêt à secourir les naufragés. Mais l'incendie s'étend brusquement à tout le navire et devient totalement incontrôlable. Dans la panique générale, les passagers se jettent à l'eau. La plupart ne savent pas nager, sont engoncés dans leurs vêtements, et ceux qui ont pu se procurer des gilets de sauvetage découvrent qu'ils sont pourris et ne peuvent les aider. L'intervention du personnel hospitalier reste très limitée. C'est donc une catastrophe d'une ampleur terrifiante qui se déroule juste devant North Brother. En définitive, on ne comptera que 321 rescapés face à 1037 morts dont les cadavres se pressent sur le rivage de North Brother Island.

Cette catastrophe est, de loin, la plus meurtrière qu'ait connue l'Amérique. Un sinistre record qui ne sera battu qu'un certain 11 septembre. Bien que l'île n'ait aucune responsabilité dans ce drame, son nom reste associé au souvenir d'un désastre qui a fait plus d'un millier de morts.

Au gré des circonstances, la ville maintient l'établissement hospitalier en activité jusque dans les années 1960, bien que l'isolement insulaire fasse peur et que les patients se dérobent, préférant se faire soigner dans les hôpitaux de quartier. Pendant la Première Guerre mondiale, il sert à soigner puis désintoxiquer les soldats revenant du front. Par la suite, il peine à trouver ses patients car les progrès de la médecine ont réduit le recours à l'isolement. Il connaît un regain pendant la Seconde Guerre mondiale, pour prendre en charge les soldats blessés. Voire pour faire office de caserne.

Au lendemain de la guerre, on ne sait quoi faire des bâtiments hospitaliers. Ils sont affectés au logement des étudiants. Et le lieu devient pour un temps une pseudo-cité universitaire. Mais, pour un campus, il manque les universités. Les étudiants et leurs familles s'en vont. L'île est abandonnée une première fois. L'hôpital de Riverside rouvre au début des années 1950 avec une nouvelle mission : désintoxiquer les jeunes héroïnomanes. Le résultat n'est pas concluant. Les guérisons sont rares et les drogués rôdent à la recherche de leur dose ou de l'argent pour la payer. Le recrutement du personnel est de plus en plus difficile. En 1963 l'hôpital est définitivement fermé, North Brother se voit couper l'eau et l'électricité. L'île est abandonnée à la compétition entre le délabrement minéral et l'envahissement végétal.

LE PRIX D'UNE ÎLE

Une métropole comme New York ne peut-elle rien faire de mieux, de plus utile, d'une petite île en zone urbaine ? On peine à le croire. Des projets divers et variés ont été avancés : construire une prison, une zone de déchets, un refuge pour sans-abri, un centre de quarantaine pour les malades du sida, une aire de loisirs, une cité de la musique, etc. Mais, tant vaut la ville, tant vaut le projet, et aucun ne put être mené à bien.

Une petite île est une richesse. Il suffit aux Parisiens de lever les yeux sur Notre-Dame ou la Conciergerie pour le savoir. Mais, justement, la Cité et l'île Saint-Louis étaient des lieux chargés d'histoire. Une exigence peut-être excessive, la reconstruction de Notre-Dame prouvant toutefois que l'histoire peut laisser une empreinte sacrée, indestructible. Mais comment créer l'héritage qu'on n'a pas reçu, comment charger d'histoire des ruines anonymes et des plantes qui s'imposent à la va-comme-je-te-pousse ?

Les États-Unis ont fait de leur jeunesse leur histoire. Nous avons nos rois, ils ont le western. Traduit en langage quotidien, cela nous donne un monde du « chacun pour soi » qui s'est instauré après l'extermination des peuples autochtones. Cet individualisme triomphant s'oppose au primat du collectif qui s'est imposé dans les îles perdues. Il s'est épanoui dans la mondialisation et dans le temps présent tandis que le passé était relégué au musée. Or la petite dimension a besoin du passé pour subsister, elle s'étiole quand l'utilité l'emporte sur le sens. Tel est précisément la loi à New York. L'île urbaine s'était trompée de port, pour elle, la richesse ne pouvait remplacer l'histoire.

Dixième escale

NORTH SENTINEL

L'île fermée

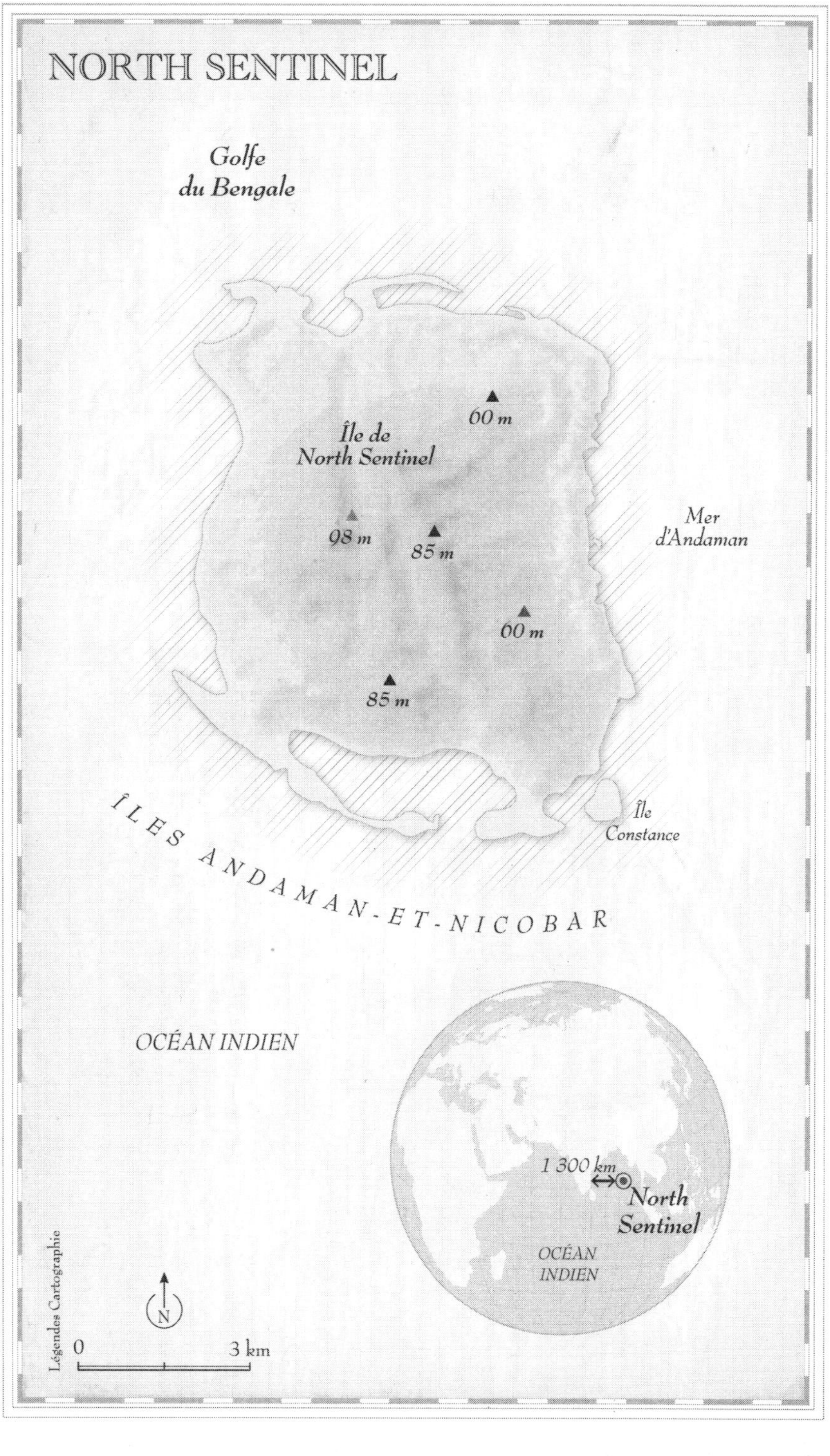

NORTH SENTINEL
Golfe
du Bengale
Île de
North Sentinel
60 m
98 m
85 m
60 m
85 m
Mer
d'Andaman
Île
Constance
ÎLES ANDAMAN-ET-NICOBAR
OCÉAN INDIEN
1 300 km
North
Sentinel
OCÉAN
INDIEN
N
0
3 km
Légendes Cartographie

Les îles perdues ne traduisent pas un choix mais un destin. La géographie les a fait naître au hasard. Quant aux îliens, ils n'ont pas été des anachorètes fuyant le commerce des hommes. Ils n'ont fait que s'adapter à la nature et à l'isolement qu'elle leur imposait. Sur leur île « perdue », ils n'étaient pas mécontents d'être « trouvés ». Encore fallait-il que l'étranger puisse atteindre leur repaire océanique et réussisse le débarquement. La rareté des contacts n'a pas tenu à la sociologie mais à la géographie. Cette règle générale se vérifie par son exception : il existe bien une île fermée par ses habitants.

Ici, la population vit repliée sur elle-même et refuse l'étranger. Une inaccessibilité volontaire… sous peine de mort. Cet îlot sylvestre est fort éloigné mais cette distance se mesure en millénaires pas en kilomètres. Ces insulaires qui ne veulent pas nous connaître ne sont pas de notre temps, ils sont dans la préhistoire et entendent y rester.

L'uchronie, ces courts-circuits dans le temps qui font se télescoper des époques différentes, est un classique de la science-fiction. Son succès tient, précisément, à l'impossibilité qu'elle défie. Comment l'homme moderne pourrait-il rencontrer ses ancêtres, les constructeurs des pyramides ou les chasseurs-cueilleurs du paléolithique ? Aucune difficulté pour le roman, aucune possibilité dans la réalité. Sauf sur cette île perdue qui flirte avec l'uchronie.

Je ne saurais terminer notre croisière sans y faire escale. Cette survivance de la préhistoire semble impossible puisque, dans le grand choc civilisationnel, le moderne a toujours eu raison du traditionnel, le neuf s'est imposé à l'ancien, le planétaire au local. Comment imaginer que le monde du passé ait pu repousser le monde du futur ? Sur une petite île fermée, pourquoi pas ?

Effectivement, il existe encore quelques centaines d'îliens qui, loin de chercher le contact avec notre monde robotisé, ont choisi l'enfermement en faisant de leur rivage une infranchissable barrière. Ce refus radical n'est pas une attitude ponctuelle. Il s'agit d'une façon de vivre qui nous interpelle du fond des âges.

Une île hors du temps

Cette île à jamais perdue pour le temps présent se trouve dans le golfe du Bengale, entre Sumatra et la Birmanie. C'est là, au cœur de l'océan Indien, que se situe l'archipel Andaman-et-Nicobar : 572 îles, dont 38 peuplées pour un total de 300 000 habitants. Certaines sont ouvertes au monde moderne, au commerce, à l'industrie, au tourisme. D'autres, au contraire, ont conservé leur mode de vie traditionnel et n'ont que peu de contacts extérieurs. La plus spécifique est sans conteste North Sentinel, comparable par sa taille à notre île de Ré, mais couverte d'une riche forêt dont la canopée cache les lourds secrets. Ce renfermement insulaire est difficile à entendre car le refus se suffit à lui-même. Comment faire parler un peuple qui a choisi de se taire ? Il faut pourtant écouter ce silence millénaire qui cache beaucoup de secrets.

Deux tribus se partagent cette île de North Sentinel. L'une, celle des Shompens, a de très épisodiques contacts avec les autorités ; l'autre, celle des Sentinelles, n'en a, et n'en veut, aucun. Elle ne pratique ni la culture ni l'élevage et se nourrit, comme nos ancêtres du paléolithique, de la chasse, de la pêche et de la cueillette. Elle reste dans sa forêt, invisible, avec quelques habitations traditionnelles, on n'ose parler d'un « village ». Le nombre des habitants est inconnu, entre 50 et 200 selon les évaluations. Les ethnologues ne parlent pas leur langue, ils ne connaissent même pas le nom qu'ils se donnent, c'est pourquoi les Britanniques ont choisi ce mot qui ne ne veut rien dire : *Sentinel.*

À deux reprises au cours des dernières années, cette forêt insulaire est apparue dans l'actualité. La première fois, ce fut en 2004, à la suite d'un épouvantable ouragan. Un hélicoptère vint faire un survol à très basse altitude pour évaluer l'étendue des dévastations et observer l'état de la population. Il fut accueilli par des tirs de flèches et un bombardement de pierres qui dissuadèrent l'équipage de se poser. Flèches contre hélicoptère ; c'était assurément une première dans l'histoire des armements et l'image connut un certain succès. Ce survol permit, telle était sa mission, de constater que ces populations avaient survécu à cette effroyable catastrophe. Une survie due sans doute à un mode de vie ancestral qui leur permet d'anticiper les cyclones et d'en limiter les effets.

L'attitude hostile des insulaires ne surprit pas les autorités indiennes, qui s'étaient bien gardées d'envoyer une expédition terrestre. En vérité, nul n'est autorisé à pénétrer dans la forêt de North Sentinel et les patrouilles armées croisent au large de l'île pour faire respecter l'interdit. Cette mesure n'est pas seulement administrative, comme la mort de John Allen Chau, le 16 novembre 2018, l'a rappelé.

L'absurde mission

Âgé de 27 ans, John Allen était doublement exalté. Par la population de North Sentinel, qu'au reste il ne connaissait pas, et par une mission évangélique qu'il s'était inventée. Il n'était pas catholique mais évangéliste et appartenait au groupe prosélyte « All

Nations » de Kansas City. Il se devait donc de transmettre le message du Christ. Pourquoi aller prêcher à North Sentinel ? Sans doute parce que c'était impossible. John Allen avait été impressionné par l'histoire de cette tribu. Il avait surtout retenu que son isolement la privait de la parole de Dieu, en faisait, selon sa propre expression, « le dernier bastion de Satan ». Il était donc impératif d'aller au-devant de ces réprouvés pour porter le message évangélique. Et c'était à lui, John Allen Chau, que devait revenir cette mission.

Le projet était d'autant plus absurde qu'en l'absence de tout contact, le langage constituait une infranchissable barrière. Même les tribus voisines ont le plus grand mal à communiquer avec eux. Comment l'« auto-investi » missionnaire pouvait-il espérer convertir des gens sans parler leur langue ? En revanche, il savait que les autochtones n'hésitaient pas à tuer ceux qui prétendaient s'approcher d'eux. Leurs dernières victimes remontaient à 2006. Ils avaient tué deux Indiens qui pêchaient illégalement le long de leurs côtes. Mais John Allen était peut-être plus attiré que dissuadé par le risque du martyre.

L'évangéliste avait longuement préparé sa mission. Trois ans à l'avance, il était venu repérer les lieux. Il avait soigneusement prévu son matériel, s'était fait vacciner et il s'était même procuré une bible imperméable. Il avait en outre appris les dialectes de tribus voisines mais, évidemment, pas celui des Sentinelles.

Puis il avait cherché parmi les pêcheurs ceux qui accepteraient de le déposer sur l'île. Ils savaient tous que c'était formellement interdit mais John Allen mit suffisamment d'argent pour les convaincre.

Ses premières tentatives ne donnent rien. En dépit des cadeaux qu'il apporte, les Sentinelles manifestent de l'irritation et même de l'hostilité. Force est de battre en retraite.

Il monte une nouvelle expédition, demandant aux pêcheurs de le conduire à proximité du rivage et à distance des garde-côtes. C'est alors qu'il prend un canoé et rejoint la plage à la rame. Les pêcheurs l'ont vu débarquer l'Évangile à la main. Il n'ira pas loin. Des indigènes, sortent de la forêt, arrivent sur la plage, arcs à la main… En un instant, John Allen est transpercé de flèches et tombe, mortellement blessé. Les pêcheurs, depuis leur bateau, voient les insulaires emporter son corps.

Les autorités indiennes, qui ont interdit toute approche de l'île, poursuivent les pêcheurs qui ont conduit le jeune missionnaire. En revanche, elles ne tentent même pas de retrouver celui qui a, effectivement, tiré les flèches mortelles. Tout juste s'efforceront-elles, mais en vain, de récupérer le corps pour le remettre à la famille. À North Sentinel, notre droit ne s'applique pas.

Le gouvernement indien a pris acte de cette étrange situation en faisant de l'île une « réserve tribale » dont l'accès est formellement interdit aux particuliers et tout juste entrouvert aux autorités. L'île vit dans un autre monde, très loin de notre XXIe siècle.

L'ORDRE BRITANNIQUE

La première manifestation de cette radicale altérité, c'est le refus de l'autre, du monde moderne en l'occurrence. « Ce que nous savons, c'est qu'ils ont fait clairement savoir qu'ils ne voulaient pas d'autres personnes sur leur île », rappelle Sophie Grig, porte-parole de Survival International, une ONG, fondée en 1969, qui prend la défense des peuples autochtones. Ils entendent donc préserver leur forêt pour mener, comme ils l'entendent, leur existence préhistorique. Ils traduisent ce choix par un refus absolu d'être approchés. Si les « civilisés » ne tiennent pas leurs distances, ils risquent de connaître le même sort que John Allen Chau.

Cette hostilité vis-à-vis de l'étranger n'est pas circonstancielle mais culturelle. Au fil des siècles, ces tribus ont toujours pratiqué l'interdit de l'étranger. Partiel pour les unes, total pour les autres. Cette altérophobie millénaire n'a posé de problème que dans les temps modernes. En 1867, le navire *Nineveh* a le malheur de s'échouer juste devant l'île. Les Sentinelles sortent de leur forêt et attaquent les naufragés, qui, pourtant, ne sont guère menaçants. Par bonheur ceux-ci peuvent être secourus avant d'être massacrés. La même expérience se renouvelle cent ans plus tard, en 1981, avec le *Primerose* qui s'échoue aux abords de l'île. Les Sentinelles sortent de la forêt, tirent des flèches et veulent s'en prendre au bateau. Par chance, le très mauvais temps les oblige à retarder l'attaque et le commandant peut lancer un SOS. Les secours arrivent avant que les insulaires puissent monter à bord. L'île inconnue est toujours aussi inhospitalière mais cette agressivité n'est pas seulement culturelle, elle a aussi été nourrie par l'histoire.

À la fin des années 1880, l'officier britannique en charge de ces territoires, Maurice Vidal Portman, voulut mener des « expériences scientifiques » pour mieux connaître ces populations inaccessibles dont il avait la charge. Il lance une expédition sur North Sentinel mais ne découvre que des habitations vides. Les insulaires ont choisi la fuite pour éviter ce contact forcé. En définitive, Portman ne récupère qu'un couple âgé et quatre enfants. Il les fait venir à la capitale : Port Blair. L'expérience ne dure pas longtemps, car les « sujets », non immunisés contre nos pathologies, sont rapidement contaminés et succombent. Les enfants survivants sont alors renvoyés dans leurs villages où ils transmettent les microbes à leurs proches. Portman tentera trois autres expéditions qui ne donneront rien. Ces populations ont mémorisé cette histoire qui conforte leurs préventions contre les étrangers.

Dans l'animosité entretenue par la mémoire collective, le risque sanitaire est loin d'être le seul. Le colonialisme britannique a laissé des traces très douloureuses au

XIXe siècle, comme le rappelle Hervé Hamon : « Quand les Britanniques prirent possession d'Andaman, ils décidèrent d'y implanter un centre pénitentiaire pour les rebelles indiens. Ils entamèrent, à cette fin, une formidable déforestation et liguèrent contre eux les populations autochtones – plusieurs milliers de combattants. Les Anglais écrasèrent ce soulèvement, regroupèrent les populations indigènes dans des camps ou des foyers où elles mouraient rapidement, ravagées par les épidémies. De 3 500 en 1858, les autochtones passèrent à 90 en 1931… Quant aux populations de North Sentinel, elles furent protégées par leur situation d'île minuscule, négligeable et négligée [1]. »

La menace sanitaire

Nous mesurons mal les véritables génocides qui ont été provoqués par la suprématie immunitaire des Européens. Dans notre monde, le phénomène contagieux est bien connu, bien maîtrisé aussi. Il peut faire des malades, très rarement des morts. Dans le passé, il a provoqué de véritables exterminations. On se souvient des guerres coloniales, des combats, mais les maladies exogènes qui ont tué bien davantage ont été oubliées.

À la suite de la conquête européenne, la population amérindienne aurait payé un tribut effrayant de

1. Hervé Hamon, *Dictionnaire amoureux des îles*, Plon, 2020.

70 millions d'individus. Mais comment faire le décompte entre les victimes de combats, de massacres, de mauvais traitements et les malades non immunisés ? Cette dernière catégorie est sans doute la plus importante mais, en l'absence d'un chiffre indiscutable, elle tend à s'effacer de notre mémoire.

Les peuples en déficience immunitaire craignent toujours qu'une épidémie, bénigne pour nous, ne soit mortelle pour eux. L'étranger peut être dangereux, il n'est pas le bienvenu. Le choix est particulièrement crucial pour des populations très restreintes lorsqu'elles se trouvent submergées par une culture totalement différente. Car il en va de la démographie comme de l'écologie, la grande taille protège, la petite taille vulnérabilise. Les îles minuscules peuvent être complètement détruites par un séisme, une éruption volcanique ou un ouragan ; de même, les peuples qui se comptent en milliers d'individus et pas en millions peuvent enclencher une dépopulation qui passe sous la centaine et ne s'arrête plus. Un peuple millionnaire survivra toujours ; une tribu, en revanche, peut disparaître. On a connu de ces derniers survivants qui ne trouvaient plus d'interlocuteurs sachant parler leur langue. C'est donc le sort des peuples qui se joue à travers nos échanges sanitaires, les survivants n'ont pas besoin de connaître l'immunologie pour savoir les risques que l'étranger leur fait courir. Mais, à l'inverse, celui-ci n'en sait rien et ne craint rien.

Pour un tout petit peuple, le contact avec l'étranger n'est donc pas anecdotique : c'est un choix existentiel qui engage sa survie même. C'est bien ainsi que la question des contacts a été vécue avec les Sentinelles [1].

LES CADEAUX

Comment peut réagir le monde moderne face à ce renfermement ? Pour l'Inde, devenue indépendante en 1947 et souveraine sur l'archipel Andaman-et-Nicobar, cette île inaccessible se présentait comme un défi. Rien de dramatique étant donné l'écart qui sépare l'immense pays-continent de l'île minuscule. Delhi pouvait parfaitement ignorer ce qui se passait dans cette forêt insulaire mais il restait la curiosité, l'envie de savoir. Un pays moderne peut difficilement s'accommoder de n'avoir pas accès à une partie de son territoire et de sa population.

À partir de 1967, l'Inde a donc tenté d'établir des relations amicales avec les Sentinelles. Des équipes ont débarqué sur l'île tous les deux ou trois ans. Sans grands résultats. Puis une équipe d'anthropologues, menée par Triloknath Pandit, fut désignée par le gouvernement indien pour travailler sur North Sentinel.

La voie la plus simple pour faire connaissance, c'est celle des cadeaux. Qu'il faut tout d'abord choisir. En tête viennent les noix de coco. Les Sentinelles

1. La disparition des Sentinelles succombant à une épidémie de fièvre typhoïde est le thème d'un roman : *Surchauffe* par Nathan Devers, Paris, Albin Michel, 2025.

en sont friands, or les palmiers ne poussent pas sur l'île. En outre, rien n'est plus facile que de distribuer à la volée des noix depuis une embarcation. Les Indiens en vinrent à lancer de pleins sacs qui furent très bien reçus.

Après ces zakouskis, il faut trouver les plats de résistance. Comment savoir ce qui peut vraiment faire plaisir ou être utile à des gens aussi différents ? En l'absence de toute demande, les ethnologues ont rassemblé un invraisemblable bric-à-brac : ustensiles de cuisine, maquettes d'automobile, poupées, rouleaux de tissus, bonbons, bananes, casseroles, etc. Et un cochon vivant. Ils ont pu constater que les insulaires étaient très intéressés par tout ce qui est métallique, qu'en revanche ils enterraient les poupées et même le cochon. Ces observations sont encadrées dans tout un cérémonial, pour s'assurer que les cadeaux seront vus et récupérés, mais en prenant soin de ne pas exposer les ethnologues aux redoutables archers.

Force est de constater que les échanges, même favorisés par la présence d'individus des tribus voisines, ne permettent pas de se comprendre. La logique des insulaires semble très déroutante. En 1974, ils avaient accepté la présence d'une équipe de tournage pour le *National Geographic*. Un insulaire tira une flèche qui vint se ficher dans la jambe du réalisateur et le blessa sérieusement. L'incident, loin de gêner les indigènes, déclencha chez eux une irrépressible hilarité. À tout moment, ils peuvent prendre leur arc et tirer. Nul ne doit rester à distance de tir d'un Sentinelle équipé, ce qui est presque toujours le cas, de son arc.

Les résultats de ces contacts étaient très incertains. La jovialité pouvait toujours céder la place à l'irritation, la fin de l'échange pouvait être décidée sans nulle annonce. Les Sentinelles n'offrirent pas de cadeau en retour et n'invitèrent jamais les anthropologues à venir chez eux dans la forêt. La communication n'allait pas au-delà du cadeau. Après une décennie de tentatives, le niveau d'incompréhension était toujours le même. C'est en 1996 que le gouvernement indien décida d'arrêter ces prises de contact qui ne débouchaient sur rien et interdit aux particuliers l'accès à l'île. Les Sentinelles sont officiellement sortis du monde.

La loi des tribus

Avec son statut d'exterritorialité, cette île fermée, minuscule, remet en cause toute notre problématique : tradition/modernité. Comment faire cohabiter la modernité et son substrat idéologique : individualisme, consumérisme, compétition, progrès, avec le monde traditionnel fondé sur les valeurs ancestrales : collectivité, égalité, échange, solidarité, permanence ? Dans ces rencontres entre une culture ancienne et la culture actuelle, c'est toujours cette dernière qui gagne. Le temps présent va de l'avant en emportant tout sur son passage, en imposant à tous son modèle.

Nous avons découvert à Rapa le meilleur exemple d'une transition entre la culture polynésienne et la culture française. Mais nul ne peut savoir comment cela finira. Il reste la règle générale : le nouveau finit toujours par supplanter l'ancien. Nous sommes la première civilisation qui se renouvelle sans cesse au nom du « progrès » et vit dans la dictature du présent et la religion de l'avenir.

Dans cette dramaturgie historique, les Sentinelles n'avaient pas de rôle. Ils étaient appelés à disparaître sous le double effet de la pression sanitaire et de la concurrence économique. Avec beaucoup de chance, ils auraient « trouvé des emplois » dans de nouvelles activités. À chacun de savoir s'il veut être le « préhistorique de service » dans un parc d'attractions ou un manutentionnaire dans un entrepôt d'Amazon.

En vérité, deux politiques s'opposent. Celle du gouvernement indien, qui prend des mesures de protection pour les zones tribales, et celle des promoteurs qui ont jeté leur dévolu sur les îles et lancent sans cesse de nouvelles activités. L'économie a besoin de routes, d'habitations, de commerces, etc. Les projets existent, qui entendent « moderniser » cette région.

Plusieurs ethnies se partagent l'archipel Andaman-et-Nicobar : les Sentinelles, mais aussi les Jarawas, les Nicobarais, les Onges, etc. Seuls les Sentinelles ont maintenu cette fermeture à double tour. Les autres ont plus ou moins joué le jeu de l'ouverture.

Les Jarawas, très proches des Sentinelles, ont bénéficié d'une réserve pour mener à l'écart leur existence traditionnelle. Ils se voient proposer comme seule perspective de se sédentariser et de participer au jeu touristique dans un Disneyland de la préhistoire.

Après le contact

Survival International dénonce des « safaris humains » qui d'ores et déjà sont organisés pour les touristes. « Les Jarawas y sont filmés à leur insu et subissent des demandes déplacées, telles que celle de danser devant la caméra en échange de nourriture. Certains touristes leur jettent même des bananes [1]. » L'administration indienne n'en finit pas d'organiser la cohabitation. Rien n'est jamais simple entre deux mondes si différents.

Et ce n'est qu'un début. Des investisseurs ont des plans mirifiques pour Grande Nicobar. Survival International dénonce un projet visant à faire de l'île un « Hong Kong de l'Inde » : « On parle d'amener 650 000 personnes sur une île qui n'en compte actuellement que 8 000 » et avec des projets de développement touristique « qui équivaudrai[en]t à une condamnation à mort pour les Shompens » [2]. L'ONG

---

1. Morgane Joulin, « Les derniers peuples non contactés peuvent-ils survivre au surtourisme ? », *National Geographic*, 21 mars 2024.

2. *Ibid.*

fait état d'une lettre ouverte de 39 universitaires de 13 pays adressée à la présidente de la République indienne Droupadi Murmu, elle-même aborigène, pour dénoncer ce projet.

Ces populations sont en transition entre un monde qu'elles ne retrouveront plus et un autre qu'elles n'atteindront peut-être jamais. La grande originalité de la situation à North Sentinel est que l'initiative est passée du monde moderne à la tradition. Imagine-t-on le scandale si des technocrates, indiens ou européens peu importe, étaient venus expliquer que les tribus seraient confinées dans des territoires dont elles ne pourraient pas sortir et dans lesquelles nul ne pourrait entrer ? L'apartheid absolu ! Une telle politique n'existe que parce qu'elle a été voulue, et même imposée, par les peuples de la tradition.

L'île fermée nous conduit à un tournant dans le choc des cultures. Jusqu'à présent, la tradition devait se fondre dans la modernité. Des îlots d'« ailleurs » et d'« autrefois » ne pouvaient subsister, dans un monde passé de la mécanique au numérique, de la vapeur au quantique.

Aujourd'hui les peuples retardataires ne se voient plus imposer la suprématie coloniale mais l'aide au développement. Ce qui peut revenir au même. L'avenir passe par la croissance, passage choisi ou imposé, peu importe. Obligatoire dans tous les cas.

Car la société de consommation est diabolique. Le premier pas franchi, les autres suivent, inévitables.

Pourquoi ne pas remplacer l'arc par le fusil, la torche par l'électricité, les premiers habits par des vêtements, le canoé par le Zodiac, etc. ? La gamme du progrès transforme en besoin ce qu'on possède et en envie tout ce qu'on n'a pas. Impossible d'y résister.

Les « contacts » dépossèdent les tribus de leur culture mais ne leur en donnent aucune autre en échange. Sur une certaine durée, les résultats peuvent être terrifiants. C'est bien la survie des peuples qui se joue à travers les échanges sanitaires et commerciaux.

C'est ici qu'intervient l'île fermée. Elle montre par exception que la volonté de fermeture dans une île perdue peut figer l'évolution historique.

Le choix de l'île

Il s'est créé à North Sentinel une « singularité », c'est-à-dire une situation extrême dans laquelle les lois qui régissent le monde ne s'appliquent plus. Il devient possible que des individus soient des contemporains, c'est-à-dire des gens qui vivent en même temps, tout en étant décalés de plusieurs milliers d'années. Cela est possible mais la distance est telle entre eux et nous que nous ne pouvons pas instaurer le dialogue. Juste faire une photo muette de l'ethnologue moderne et de son « sujet d'étude ».

Ces farouches préhistoriques nous posent de redoutables questions. Comment peuvent-ils conserver un tel attachement à un territoire qui leur fait mener une existence aussi pénible ? Nous serions assurément très malheureux si nous devions vivre comme les Sentinelles, mais rien ne prouve qu'ils ressentent ainsi leur condition. On a même toutes les raisons de penser le contraire. Le bonheur n'a pas attendu la Révolution pour naître. À toutes les époques et, je dirais, à tous les niveaux de vie, les peuples ont pu trouver ce sentiment de bien-être.

Les hommes et les femmes de North Sentinel posent la question et donnent la réponse. Le bonheur ressenti par les êtres humains n'est pas le reflet du mode de vie. Il tient à l'adaptation des habitants, à la construction d'un ressenti.

Les îles perdues, si dures à vivre, étaient aussi très dures à quitter. Les insulaires s'étaient laissé prendre au charme rude, à la convivialité chaleureuse, à l'austère paysage, à la solitude sans fin de leurs micropatries. Car l'être humain est essentiellement adaptable. Ce qui lui permet de s'accorder aux environnements les plus variés, aux conditions les plus diverses. C'est pourquoi l'humanité a pu peupler toute la Terre.

Un environnement aussi rude que la forêt de North Sentinel, une vie aussi dure que celle des chasseurs-cueilleurs peuvent créer cet attachement si fort qu'il tue l'étranger au lieu de l'accueillir.

Hier le comportement des Sentinelles eût été sévèrement jugé, aujourd'hui c'est un choix de vie totalement respectable car il porte une légitimité antérieure à la nôtre. Les jugements de valeur ont disparu. Il n'est plus question de « barbares ». Le

« bon sauvage » est de retour. Les articles retraçant la mort de John Allen Chau mettaient plus en cause l'absurdité de sa mission que la férocité des Sentinelles.

Cette île fermée, qui est désormais préservée comme une enclave précieuse, est révélatrice des temps nouveaux. C'est en arrivant au stade de l'intelligence artificielle que, confrontés aux hommes du paléolithique, nous butons sur notre limite : nous n'avons rien de mieux à leur proposer, rien du moins qui leur soit accessible. Nous ne pouvons que les laisser vivre à leur façon, sans rien proposer. Une nouvelle forme de sagesse à marquer d'une pierre blanche.

La cohabitation culturelle

Mais que vont devenir ces micro-humanités insulaires ? Le progrès a surmonté l'isolement. Il est désormais possible d'aller partout et n'importe où sans se lancer dans des explorations héroïques. Géographiquement parlant, l'inaccessible n'existe plus. Ce qui veut dire, par réciproque, que l'îlien n'est plus condamné à rester toute sa vie enfermé dans son île-prison. Le voyage, dans un sens comme dans l'autre, peut être très long et très cher, il n'est plus impossible.

Quant aux télécommunications, elles ont définitivement brisé la distance. Que l'on soit à 20 000 mètres ou 20 000 kilomètres, il est possible de dialoguer, d'échanger des images, de recevoir des documents, de participer à des réunions, de regarder des films, de suivre des concerts, de s'immerger dans les réseaux sociaux. Que l'on soit à Tristan da Cunha, à Tikopia, à Rapa Iti, à Tromelin ou en Islande, les échanges peuvent être plus réguliers qu'avec son voisin de palier. Que va devenir le fait insulaire mis au défi par cette révolution des transports et des télécommunications ?

La population subit un double effet. D'une part, elle peut s'évader de la prison insulaire. D'autre part, elle a le choix du retour. Les jeunes générations s'expatrient sans problème pour leurs études. Reviendront-elles diplôme en poche ? Tout dépend de l'attachement qu'elles éprouvent pour « leur île », autant dire leur culture. Si la communauté est porteuse d'une forte identité, si elle propose sur le plan humain une présence que l'on ne trouve pas ailleurs et dont on ne souhaite pas se passer, alors les jeunes reviendront. Sachant que le retour n'a rien de définitif, qu'ils pourront toujours repartir s'ils le souhaitent.

Si au contraire l'environnement insulaire n'apporte rien d'essentiel, alors la séduction du monde moderne sera irrésistible. Certaines îles entameront un cercle récessif. Le déclin démographique se fera irréversible et l'île redeviendra inhabitée. Quitte à conserver un statut scientifique. Cette dépopulation pourrait toucher un grand nombre de très petites îles qui, telle Clipperton, ne seront plus que des porte-drapeaux permettant à différents pays, notamment la France, de se tailler des zones d'économie exclusive.

LES ÎLES DU FUTUR

Nous voilà au carrefour de l'aventure insulaire. La consécration de North Sentinel comme une sorte d'intouchable patrimoine de l'humanité pourrait ouvrir la voie à d'autres aventures insulaires. Les îles ne manquent pas, dans l'océan Pacifique et ailleurs, qui pourraient accueillir des occupants. Dieu sait qu'avec le numérique, la grande peur de l'isolement s'est beaucoup relativisée et qu'avec les techniques modernes, le confort est aisément transportable.

Aujourd'hui, l'île tient une place de choix dans la panoplie du milliardaire. Elle peut venir au-delà du yacht pour apporter à son propriétaire ce sentiment de souveraineté comme aboutissement ultime de la fortune.

Les riches cultivent naturellement l'entre-soi. Ils aiment se retrouver dans les « beaux quartiers », voire dans des résidences réservées, à l'accès contrôlé. Le meilleur isolement est offert par l'insularité. Pour y mener une existence fastueuse ? Sans doute, mais est-ce la seule vocation de ces espaces préservés par l'immensité océanique ? Ne pourraient-ils reprendre ce rêve né dans les sixties et jamais tout à fait retombé, celui d'une société toute différente. *Peace and Love*. Pourquoi pas ?

Cette fuite en avant fut celle d'un ingénieur italien, Giorgio Rosa, qui poursuivit un temps le rêve d'une île-patrie dont il serait le roi. Il fit construire en 1968 une structure, sur le modèle des plateformes pétrolière, et l'ancra en face de Rimini, en limite des eaux territoriales. Le 1er mai 1968, date ô combien symbolique, il proclama l'indépendance de son « royaume » de 400 mètres carrés, patrie de la liberté, de l'absence de contraintes, de la fête et du plaisir. Le succès touristique fut immédiat. Les réactions de l'État italien aussi. Cinquante-cinq jours après la « déclaration d'indépendance », les autorités italiennes instaurèrent le blocus puis ordonnèrent l'évacuation et la destruction de la plateforme. Le démantèlement se révéla plus difficile que prévu et les navires durent canonner la structure pour la détruire. Une tempête se chargea d'éliminer les débris qui résistaient encore. Rien qu'une folie dans l'esprit de Mai 1968.

Cette idée d'un PNG, un pays non gouvernemental, pourrait refaire surface. Sur une base insulaire bien sûr. Avec l'apparition de ces fortunes gigantesques que favorise la mondialisation, tout devient possible.

Nos multimilliardaires transnationaux ont les ressources nécessaires pour acquérir d'immenses espaces. Si longtemps qu'ils taillent leurs domaines sur les continents, ils restent sous l'autorité d'un État. L'océan seul propose des espaces souverains donnant l'illusion, sinon la réalité, d'être « le roi de… ». Ne pourrait-on imaginer que ce vertige de la souveraineté insulaire puisse aussi inspirer et aspirer ceux qui portent en eux le rêve de changer la vie, d'expérimenter d'autres formes d'organisation sociale ?

En complément des Sentinelles prisonniers du passé, pourquoi n'y aurait-il pas des Sentinelles héritiers de l'avenir ? L'argent, comme l'on sait, n'est plus un problème dans un monde où la fortune des hyperriches rejoint celle des États. Tout est accessible à la philanthropie. Demain Elon Musk, Jeff Bezos ou quelques autres super-fortunés pourraient se détourner de la planète Mars, des jeux d'argent, du transhumanisme, du pouvoir et des médias pour jeter leur dévolu sur des utopies réalisables. Il se trouvera toujours une île ou une presqu'île disponible, à l'image du mont Athos, pour devenir le centre inspiré d'un nouveau projet collectif. Des îles communautaires, mettant la technique moderne au service d'une utopie réalisée et pas seulement du profit, c'est une idée complètement folle, donc complètement insulaire.

*
* *

Mais je n'oublie pas que l'insularité nous parle d'abord de nous. En changeant la dimension, elle nous propose des histoires qui nous interpellent directement. Au cours de cette croisière, j'en ai exploré quelques-unes ; il en est bien d'autres. Pour le meilleur ou pour le pire. Ces îles perdues ont beaucoup de secrets à nous révéler non pas sur elles, mais sur nous.

Le monde insulaire a dû relever le triple défi d'une population très réduite, d'un territoire très restreint et d'un océan sans limites. Il s'est donné ces micro-sociétés en subissant des contraintes insupportables mais en étant porté par une forte culture, facteur de cohésion sociale. Les mutins du *Bounty* n'avaient pas une éthique suffisante pour souder leur communauté, ils ont échoué sur l'île de Pitcairn ; en revanche, les réfugiés de Tristan da Cunha étaient liés par une éthique égalitariste qui surmontait toutes les épreuves. Les habitants de Nauru ont cru que leur richesse avait réponse à tout, ils se sont retrouvés sans rien ; ceux de Tikopia vivent sur une représentation du monde qui leur permet de surmonter les pires catastrophes.

Sans doute arriverait-on à des conclusions assez comparables en s'interrogeant sur les grands acteurs de l'histoire. L'historien britannique Arnold J. Toynbee a proposé une grille explicative qui fait toujours autorité. Très schématiquement, il explique que les civilisations naissent en réponse à certains défis auxquels elles sont confrontées. Cette logique défi-réponse n'est pas le passe-partout de l'interrogation historique, mais elle éclaire les origines de nos sociétés. Or ce rôle des contraintes n'est nulle part plus évident que dans les mondes insulaires. Quand une population se retrouve à quelques centaines de personnes sur une petite île, elle ne peut se penser qu'en termes de survie. Il lui faut trouver sur tous les plans les réponses qui permettent de faire face aux dangers.

Dans les temps chaotiques que nous traversons, prenons les îles perdues comme professeurs. Imaginons une France de 1 000 habitants, de 10 kilomètres carrés et coupée de contacts avec l'extérieur. Par ce changement d'échelle, les conséquences y seraient toujours liées aux causes et la dénégation, la démission, la procrastination face aux menaces, si courantes aujourd'hui, ne pourraient perdurer. Car il leur faut préserver le secret ou le mensonge qu'apporte la grande taille. En ce sens, la dimension planétaire nous déresponsabilise. Il n'est que de regarder les périls climatiques qui nous attendent de façon certaine sans que nous leur opposions de réponse crédible. À l'inverse, dans la transparence de l'instant présent, de la courte distance, les menaces doivent être assumées, et c'est ainsi qu'elles sont, le plus souvent, évitées. Dans l'univers lilliputien, il faut dire ce que l'on fait, faire ce que l'on dit, ne plus se réfugier dans les faux-fuyants mais, au contraire, s'appuyer sur la réalité devenue vérité.

Ce changement d'échelle n'a rien d'une recette du succès, d'une solution miracle. Nous avons découvert tout au long de cette croisière les catastrophes et même les crimes qui peuvent naître de ce rétrécissement généralisé. Les persécutions s'accommodent des petits nombres comme des grandes foules et les bûchers des « sorcières » brûlèrent tout autant dans les villages que sur les places des grandes cités. Au reste, la mondialisation n'est pas un choix, c'est un fait. Ces îles perdues ne sont en rien des modèles, justes des expériences. Elles nous montrent ce que nous serions tentés de cacher ou d'oublier dans le consensus moderniste. Agissons dans notre monde, adoptons sa logique mais n'en faisons pas le paradigme universel face auquel toute remise en cause semble démodée.

Les îles perdues sont là pour nous rappeler que la mondialisation est la force mais aussi la limite de notre pensée, car la grande dimension oblige à passer dans l'abstraction qui n'est pas la réalité mais sa modélisation. Or, comme le disait Jacques Lacan : « Le réel, c'est quand on se cogne. » On ne se « cogne » pas à une statistique démographique, à un taux de croissance ou à une moyenne de températures, on « vit avec ». Par cette dilution dans le conceptuel, nous pouvons ignorer cela même que nous connaissons, que nous étudions. Ainsi vivons-nous sur la carte et pas dans le territoire, oubliant les désagréables enseignements de notre propre réflexion.

La très petite dimension de nos îles perdues ne permet pas ce tour de passe-passe. Les aborigènes observent à chaque instant les conséquences de leurs actions, ou de leur inaction. Pour eux tout est concret, ils se « cognent » aux récoltes, aux naissances, à la déforestation, aux rejets, aux inégalités, à la sécheresse. Le micro-défi du quotidien remplace le grand défi des civilisations, les îliens ne peuvent l'ignorer car, à chaque instant, il peut se traduire par la faim, le froid, la maladie. La conclusion s'impose : la vérité est dans la réalité. Celle-ci s'appréhende par la grande dimension à condition de ne jamais oublier que, pour les hommes, elle se manifeste concrètement, au niveau ponctuel, et que notre vie se fait toujours dans la petite dimension.

Ne pas confondre la carte et le territoire, la comptabilité et la réalité, le conceptuel et le concret, c'est peut-être l'ultime secret des îles perdues. Les insulaires n'ont pas eu le choix car ils devaient assurer leur survie et pas seulement leur vie. Il en va toujours de même mais nous avons la dimension continentale pour l'ignorer. Ne voit-on pas l'humanité mettre en danger sa planète pour se procurer le superflu ? C'est alors qu'une touche d'insularité est bien nécessaire pour nous mettre en garde contre les facilités de la mondialisation. Ces peuples qui ont relevé le défi de la petite dimension, nous rappellent au respect des limites, un art à ne jamais oublier dans la grande dimension.

Remerciements

Je dois l'idée même de ce livre aux habitants de Tristan da Cunha qui, en choisissant de revenir sur leur île, ont manifesté l'attachement des insulaires à leur petite et lointaine patrie. Avec ses *Bienheureux de la Désolation*, Hervé Bazin a fait venir jusqu'à moi cette histoire. Je lui en suis reconnaissant.

Le phénomène insulaire, ainsi dramatisé, m'a fasciné. J'en ai parlé bien souvent. Mais le sujet ne se prêtait pas aux analyses qui conduisent à l'essai. Je voyais bien les îles, pas les chapitres. Pas le livre.

Mon épouse Janick, avec son regard perçant de lectrice professionnelle, m'a convaincu que l'écrit permettait d'explorer les îles perdues. Encore fallait-il sortir de mes productions ordinaires et concevoir une présentation adaptée au sujet. C'est alors que j'ai abandonné la logique de l'essai pour celle de la croisière. La structure du récit n'était plus imposée par une démarche théorique mais suivait un parcours géographique. D'une île à l'autre.

Dans cette démarche l'auteur ne dessine plus la route, il fait escale tout simplement puis repart vers un prochain débarquement. Pour tenir ce parti, l'histoire doit prendre le pas sur la géographie. Les îles ne se visitent pas, elles se racontent. Tel est donc le projet qui m'a emporté.

La préparation fut longue et j'ai eu la chance de rencontrer des amis avec lesquels je partageais ce goût du monde insulaire. L'inépuisable curieux, Jean-Claude Simoën, le marin breton, à moins que ce ne soit l'inverse, Hervé Hamon m'ont aidé à découvrir ce monde qu'ils connaissent mieux que moi. Qu'ils en soient remerciés. Une pensée aussi pour l'impétueux Jared Diamond qui enrichit ses voyages de controverses fécondes. La documentation m'a entraîné bien loin de mes chantiers habituels.

Merci à mon fils Régis qui sait trouver les questions et pas seulement les réponses.

Merci également à Margot Dussy qui m'a assisté dans ces recherches.

Sophie de Closets, mon éditrice de fille et ma chance d'auteur, s'est enthousiasmée pour ce projet. « D'un bon texte on fera un beau livre », a-t-elle décrété. Elle en a confié la réalisation à Anavril Wollman qui, forte de son expérience, a su trouver l'iconographie propre au sujet. Toute ma gratitude et mon admiration à Frédéric Miotto, Lucille Dugast et Justine Bergeron qui ont su marier la carte et le dessin pour donner à chaque île son image. Bravo à mon petit-fils, Jean Delabrière, élève de talent de

Penninghen, qui a su résumer mon itinérance en une superbe couverture.

Merci enfin aux formidables équipes de Flammarion qui ont porté ce *Secret des îles perdues* jusqu'à ses lecteurs ; merci, en particulier, à Sandie Rigolt qui en fut le porte-parole auprès des médias.

Pour cette impossible croisière, ce fut ma chance de trouver un tel équipage et c'est mon plaisir de lui rendre hommage.

Table

Introduction.. 7

Première escale. Tristan da Cunha...................... 19
Deuxième escale. Tikopia et Rapa...................... 39
Troisième escale. Nauru.................................... 77
Quatrième escale. Pitcairn................................. 99
Cinquième escale. Archipel Houtman Abrolhos . 113
Sixième escale. Île de Pâques............................ 137
Septième escale. Clipperton et Tromelin............ 167
Huitième escale. Pingelap................................. 197
Neuvième escale. North Brother........................ 217
Dixième escale. North Sentinel......................... 229

Remerciements.. 259

Du même auteur (suite)

Tant et plus : comment se gaspille votre argent, Grasset/Seuil, 1992 ; « Points », 1993.

La Grande Manip, Seuil, 1990 ; « Points actuels », 1992.

Le Pari de la responsabilité, Payot, 1989.

Tous ensemble : pour en finir avec la syndicratie, Seuil, 1985 ; « Points actuels », 1987.

Toujours plus !, Grasset, 1982 ; Le Livre de poche, 1984.

Le Système E.P.M., Grasset, 1980.

Scénarios du futur. Le monde de l'an 2000, vol. 2, Denoël, 1979.

Scénarios du futur. Histoire de l'an 2000, vol. 1, Denoël, 1978.

La France et ses mensonges, Denoël, 1977 ; « Médiations », 1978.

Le Bonheur en plus, Denoël, 1973 ; « Médiations », 1975.

En danger de progrès, Denoël, 1970 ; « Médiations », 1975.

La Lune est à vendre, Denoël, 1969.

L'Espace. Terre des hommes, Tchou, 1969.

Cet ouvrage a été mis en pages par

<pixellence>

CET OUVRAGE
A ÉTÉ ACHEVÉ D'IMPRIMER
PAR L'IMPRIMERIE NORMANDIE ROTO IMPRESSION S.A.S.
À LONRAI EN OCTOBRE 2025

Les Éditions Flammarion sont investies dans une démarche active pour l'empreinte environnementale de leurs parutions. Ainsi, le livre que vous tenez entre vos mains a été imprimé sur des papiers issus de forêts gérées durablement, par un imprimeur engagé dans la protection de l'environnement.

N° d'édition : 672162-0. N° d'impression : 2503732
Dépôt légal : octobre 2025
Imprimé en France